Master wider Willen

France Carol

Im Keller eines Freundes findet Mesut den Sklaven Janik und nimmt ihn zu dessen Schutz mit zu sich nach Hause. Die Frage stellt sich jetzt aber, was er mit ihm anfangen soll, denn Mesut kann der Master/Slave-Szene so gar nichts abgewinnen…

france.carol@gmx.ch

Cover : France Carol
Bild : Shutterstock.com

Völlig apathisch lag Janik auf der Pritsche im Keller und starrte an die Wand, ohne wirklich etwas zu registrieren. Er hatte diesen Ort in den letzten drei Tagen nur verlassen, um seiner Notdurft nachzukommen und etwas zu trinken. Für mehr fehlte ihm schlicht und einfach die Kraft.

Eine Fliege, die sich hierher verirrt hatte, setzte sich regelmässig auf seine Wangen, um sich an den salzhaltigen Rückständen seiner Tränen gütlich zu tun, aber ausser manchmal zu blinzeln tat er gar nichts um dieses lästige Tier daran zu hindern. Wieso auch? Sollte sie sich doch nehmen, wonach es sie gelüstete, sein Leben war sowieso zu Ende.

Vor drei Tagen hatte Robert ihm mitgeteilt, dass er sich von ihm trennen würde und ihm bis heute Zeit gegeben, um seine wenigen Sachen zu packen und zu verschwinden. Er hatte jetzt noch genau zwei Stunden und vierundzwanzig Minuten, um dieses Haus, dass beinahe vier Jahre sein Zuhause gewesen war, zu verlassen. Warum? Bis jetzt hatte er keine Erklärung dafür gefunden. Er war der Meinung gewesen, dass er Robert so gedient hatte, wie dieser es von ihm verlangte, aber offensichtlich war sein Master schon des längeren nicht mehr zufrieden mit ihm gewesen. Den Gedanken, dass er ein unwürdiger Sklave war, konnte Janik kaum ertragen.

Noch immer hallten die Worte, die Robert mit eisiger Stimme zu ihm gesagt hatte, in seinem Kopf: ‚Janik, ich will, dass du bis Samstag hier fort bist. Ich habe mich entschieden, einen anderen Slaven unter meine Fittiche zu nehmen.‘ Kein Grund, keine Erklärung, einfach nur die Aufforderung, das Haus zu verlassen!

Natürlich hatte er nicht nach Roberts Beweggründen gefragt, denn dies war für einen Sklaven undenkbar. Man stellte die Entscheidungen eines Meisters nicht infrage, sondern kam den Befehlen ohne zu murren einfach nach, stets in dem Bestreben, den Anforderungen gerecht zu werden und so seinem Herrn zu gefallen. Offenbar war letzeres aber nicht mehr der Fall gewesen, weshalb sich sein Master nach einem neuen und besseren Diener umgesehen hatte.

Hätte es Janik nicht auffallen müssen, dass er den Bedürfnissen von Robert nicht mehr gerecht wurde? Vermutlich schon, aber obwohl er immer und immer wieder die vergangenen Wochen rekonstruierte, konnte er einfach nichts finden, was seinem Master hätte missfallen können. Trotzdem lag es auf der Hand, dass Robert ganz offensichtlich der Meinung war, dass Janik seiner nicht mehr würdig war!

Gebrüll und schwere Schritte auf der Treppe liessen ihn zusammenzucken. War es jetzt soweit? War Robert jetzt auf dem Weg zu ihm, um ihn aus dem Haus zu werfen? Aber wo sollte er denn hin? Er hatte keinen eigenen Bekanntenkreis oder Verwandte hier in der Stadt. Sein Leben hatte sich in den letzten Jahren ausnahmslos um die Belange und Bedürfnisse seines Masters gedreht, worüber er auch stets glücklich gewesen war.

Jetzt aber sollte Janik von heute auf morgen plötzlich sein Leben selbst in die Hände nehmen, was ihn mehr als nur ängstigte. Er war es nicht gewohnt, sich um sich selbst zu kümmern, geschweige denn Entscheidungen irgendwelcher Art zu treffen. Bis knapp nach seinem achtzehnten Altersjahr hatten seine Eltern über seine Belange entschieden, und danach nahm Robert alles Notwendige für ihn in die Hand. Für Janik war das absolut in Ordnung gewesen, er hatte stets Mühe damit gehabt, selbst Entschlüsse zu fassen und fürchtete sich vor Fehlentscheidungen. Aber jetzt forderte Robert, dass er sofort damit begann, Eigeninitiative an den Tag zu legen und somit auch Eigenverantwortung zu übernehmen. Unvorstellbar!

Aus dem Augenwinkel konnte Janik seinen Meister und dessen grossen, muskulösen Freund Mesut erkennen, die sich wildgestikulierend und lautstark unterhielten. Er musste sich dazu zwingen, den Worten überhaupt zuzuhören, weil er sich einerseits lieber in seine Lethargie zurückzog und es ihm andererseits auch nicht zustand, sich unaufgefordert an Unterhaltungen seines Meisters zu beteiligen. Trotzdem musste er aufmerksam sein, falls sein Herr das Wort plötzlich an ihn richten würde. Nicht auszudenken, wie es Robert missfallen würde, wenn Janik einem Befehl nicht nachkam.

„Du bist so ein Arschloch, Robert", schrie Mesut in diesem Moment, kniete sich dabei neben die Pritsche und legte vorsichtig eine Hand auf Janiks Oberarm.

„Warum denn? Wenn Schluss ist, dann ist eben Schluss. Ich habe keine Verwendung mehr für ihn und habe ihm das bereits vor drei Tagen gesagt. Was kann ich denn dafür, dass er sich hier unten vergräbt und Trübsal bläst?", verteidigte sich Robert vehement.

„Wo soll er denn hin? Hast du dich das schon mal gefragt?", rief Mesut aufgebracht in Roberts Richtung, fuhr dabei gleichzeitig über Janiks rotblonde Haare und sagte dann leise zu ihm: „Hey Kleiner, wie geht's dir? Willst du nicht aufstehen?"

Janiks Augen suchten den Blick seines Masters, um in diesem zu lesen, was er von ihm erwartete, doch Robert sah einfach weg, was ihm erneut tiefen Schmerz bereitete. Mit einem kaum erkennbaren Kopfschütteln verneinte er, schloss die Augen und hoffte, dass Mesut nicht weiter in ihn dringen würde. Er wollte einfach nur hier liegen bleiben und warten, bis die Qual ein Ende fand.

„Du kannst ihn von mir aus mitnehmen, seine Frist läuft ohnehin in zwei Stunden ab. Bis dann muss er hier fort sein“, hörte er Robert mit kalter Stimme sagen.

Die Endgültigkeit dieser Worte schnitt Janik tief ins Herz und liess erneut Panik in ihm aufkommen. Er hatte bis zuletzt gehofft, dass sein Herr es sich noch einmal anders überlegen würde, doch ganz offensichtlich war dies nicht der Fall. Erneut drohten Tränen sich ihren Weg über seine Wangen zu suchen, die er aber sofort zurückdrängte. Robert mochte es nicht, wenn er weinte. Ein guter Slave musste etwas aushalten können und seine Strafe willig entgegennehmen, weil sein Herr ihn damit half, das Ziel zu erreichen: Dienen in vollkommener Art und Weise!

Unvermittelt wurde Janik hochgehoben, weshalb er die Augen erschrocken einen Spalt öffnete und erkannte, dass es Mesut war, der ihn jetzt zur Treppe trug. Einen Moment hielt dieser noch einmal vor Robert an und sagte mit verärgerter Stimme: „Pack wenigstens seine Sachen und bring sie zum Auto.“

Aus dem Augenwinkel konnte er erkennen, dass Robert dieser Aufforderung nachkam und Janiks bereits gepackte Tasche aufnahm. Es mutete seltsam an seinen Master dabei zu beobachten. Bis dahin hatte sein Herr solche Dinge stets an ihn weiterdelegiert, doch selbst dafür schien man Janik nicht mehr gebrauchen zu können.

In der Einfahrt liess Janik sich von Mesut ohne Gegenwehr auf den Beifahrersitz setzen und anschnallen. Er selbst war zu keinerlei Bewegungen imstande, hörte aber, wie der Kofferraum geöffnet und wieder zugeschlagen wurde, was wohl bedeutete, dass dort jetzt sein Hab und Gut verstaut war.

Mesut setzte sich einen Augenblick später hinter das Steuerrad und startete den Wagen, um dann mit rasantem Tempo aus der Einfahrt von Roberts Haus davonzufahren. Nicht, dass Janik es visuell aufgenommen hätte, sein Blick war starr auf einen fernen Punkt gerichtet, den er nicht wirklich wahrnahm. Ein Teil von ihm hätte gerne zurückgeblickt, um noch einmal den Ort, den er solange sein Heim genannt hatte, zu sehen, aber er gestand sich nicht zu diesem Verlangen nachzukommen. Er hatte es einfach nicht verdient!

Nach einer kurzen Fahrt kamen sie bei Mesuts Haus an, wo Janik schwerfällig ausstieg und wortlos dem anderen folgte, denn er wollte nicht wieder getragen werden. In den letzten Jahren war er bereits einige Male hier gewesen, hatte sich aber stets an der Seite von Robert aufgehalten - wo schliesslich auch sein Platz gewesen war - weshalb er lediglich das Wohnzimmer kannte.

Im Schnelldurchlauf wurden ihm die Räume im Erdgeschoss gezeigt, die aus Wohn- und Esszimmer, Küche und einer Gästetoilette bestanden. Im Obergeschoss waren Schlaf-, Bade- und Gästezimmer, wobei letzteres Janik zugewiesen wurde.

Mesut stellte das Gepäck, das er zuvor aus dem Wagen genommen hatte, mitten im Zimmer ab und zeigte auf das Sofa.

„Das lässt sich ausziehen, ich bring dir noch Bettwäsche. Bestimmt willst du dich erst einmal duschen, ich leg dir ein Handtuch ins Badezimmer."

Mit einem Nicken gab Janik zu verstehen, dass er alles verstanden hatte, blieb jedoch weiterhin antriebslos im Raum stehen.

„Okay, ich bestell uns was zu essen, komm also runter, wenn du fertig bist." Damit verliess sein Gastgeber das Zimmer und überliess Janik sich selbst.

Eine Weile blieb er an Ort und Stelle stehen ohne zu wissen, was er als nächstes tun sollte. Bis vor drei Tagen hatte er einen klar strukturierten Tagesablauf gehabt, der aus Hausarbeit und dem Stillen von Roberts Bedürfnissen bestanden hatte. Jetzt waren aber alle diese Aufgaben mit einem Mal nicht mehr vorhanden.

Wieder stellte sich Janik die Frage, weshalb Robert nicht mehr mit ihm zufrieden gewesen war und versuchte sich zu erinnern, ob es in der Vergangenheit Andeutungen von Seiten seines Masters gegeben hatte, die ihm dessen Unwillen hätten bemerkbar machen sollen, aber nichts dergleichen wollte ihm in den Sinn kommen.

Erneut drohte Verzweiflung ihn zu übermannen, bis ihm plötzlich ein Gedanke kam. Konnte es möglich sein, dass dies hier lediglich ein Test war, bei dem sich Janik erneut als Sklave bewähren musste? Hatte Robert ihn in Mesuts Hände gegeben, um aus der Ferne zu beobachten, wie er sich als dessen Sklave verhielt? Wenn dem so war, dann musste er also nur Mesuts Bedürfnissen gerecht werden und dann würde Robert ihn bestimmt irgendwann wieder zurückholen. ‚Ja, genau so wird es sein!', sagte sich Janik und kramte mit neu gewonnener Zuversicht in seiner Tasche nach frischer Kleidung.

Er würde sich jetzt erst einmal um sein äusseres Erscheinungsbild kümmern und dann herausfinden, worin Mesuts Forderungen bestanden, damit er diesen nachkommen konnte, um zu guter Letzt seinem Master zu zeigen, dass er auch über die Entfernung hinweg immer noch dessen Befehlen nachkam.

***

Beinahe zeitgleich mit dem Pizzaboten kam auch Janik herunter, blieb jedoch mitten im Esszimmer stehen, als ob er auf etwas wartete.

„Setz dich“, forderte Mesut den anderen auf, legte die Pizzakartons auf den Tisch und holte aus der Küche Besteck und Teller.

Als er ins Esszimmer zurückkehrte sass Janik auch tatsächlich am Tisch, die Hände im Schoss zusammengefaltet und den Kopf devot gesenkt.

Schon immer hatte Mesut dieses unterwürfige Verhalten des rotblonden Twinks gestört, was er sich aber nie anmerken liess, weil er der Meinung gewesen war, dass ihn das nichts anging. Jetzt hatte sich die Situation aber geändert.

„Hör auf wie ein Häufchen Elend dazusitzen und bedien dich“, fuhr er den anderen an und schob ihm mit einer unwirschen Bewegung die Pizzaschachtel hin.

„I...ich habe keinen Hunger, aber danke“, erwiderte Janik kaum hörbar, hielt den Blick aber weiterhin gesenkt.

„Herrgott nochmal, sieh mich an, wenn du mit mir sprichst“, forderte Mesut energisch, denn das devote Getue seines Gegenübers provozierte ihn einfach.

Sofort schnellte Janiks Kopf nach oben und kam so seiner Aufforderung nach. Die Augen waren etwas schreckgeweitet, dennoch hielt er seinem Blick stand.

„Iss jetzt etwas.“

„Ich bin nicht hungrig“, erwiderte der andere leise und wollte schon wieder den Blick senken, schien sich jedoch daran zu erinnern, dass Mesut den Augenkontakt gefordert hatte, und blickte ihn daher gleich wieder an.

„Und ich habe gesagt, dass du etwas essen sollst. Wann hast du überhaupt das letzte Mal etwas gegessen? Gestern? Vorgestern?“

Ein Achselzucken sollte wohl als Antwort genügen, doch als Mesut Janik weiterhin fragend ansah, sagte dieser schliesslich leise: „Vor drei Tagen.“

Zischend sog Mesut den Atem ein. Bei dem Gedanken, wie verantwortungslos sich Robert gegenüber Janik verhalten hatte, stieg Wut in ihm auf, die er aber gleich wieder versuchte in den Griff zu bekommen. Er wollte diese schliesslich nicht an dem anderen auslassen.

„Ein Stück wird gegessen, dann geb ich Ruhe, okay?“, knurrte er in Janiks Richtung.

Geradezu widerwillig nahm sich der Kleine ein Stück Pizza aus dem Karton und legte es vor sich auf den Teller, um es beinahe verächtlich anzusehen. Erst Mesuts auffordernden Blick liess den anderen endlich einen Bissen nehmen, wobei es nicht zu übersehen war, wie schwer sich Janik damit tat, das Zeug auch herunterzuschlucken.

„Was möchtest du nachher machen? Im Wohnzimmer steht ein Fernseher mit DVD-Player und Playstation. Etwas zum Lesen findest du in den Regalen, bedien dich also. Ich habe noch einiges an Papierkram zu erledigen und gehe später vielleicht noch eine Runde Joggen“, versuchte Mesut das Thema zu wechseln, erntete jedoch wieder nur ein Nicken.

„Ich werde mich zurückziehen und etwas hinlegen", antwortete Janik, nachdem er Mesuts genervten Blick auf sein Nicken bemerkt hatte.

„Also gut, wenn du meinst. Ich werde mich auf jeden Fall an meine Buchführung machen."

Ein weiteres Gespräch kam nicht zustande, weil sich Janik in Schweigen hüllte. Nachdem sie das Essen beendet hatten, sammelte Mesut das Geschirr und die Reste von dem Tisch zusammen und trug alles in die Küche. Mit einer Flasche Wasser kam er zurück und überreichte sie seinem Gast, der sich mittlerweile ebenfalls erhoben hatte und im Begriff war, sich in den oberen Stock zu begeben. Dankbar nahm er sie entgegen und ging die Treppe nach oben, wenig später war das Schliessen der Tür zum Gästezimmer zu hören.

Seufzend ging Mesut in den Keller, wo sich der Trainingsraum und das Büro befanden. Er würde sich erst einmal eine Runde an den Geräten austoben, um auf andere Gedanken zu kommen, und sich dann der Buchführung widmen.

Zwei Stunden später sass Mesut immer noch vor all den Buchungsbelegen, konnte sich aber einfach nicht darauf konzentrieren. Wieso hatte er sich eigentlich in dieses Drama zwischen Robert und Janik hineinziehen lassen? Jetzt hatte er gegen seinen Willen einen Gast unter seinem Dach und wusste nicht, wie er diesen wieder loswerden konnte.

Wo sollte Janik auch hin? Mesut glaubte nicht, dass sein Gast jemanden kannte, bei dem er um Aufnahme ersuchen konnte, denn wenn er Roberts Erklärungen über eine Master/Slave-Beziehung richtig verstanden hatte, pflegte ein Sklave lediglich die Beziehungen, die sein

Meister ihm zugestand. Robert war jedoch ein äusserst besitzergreifender Mann, weshalb sich Mesut auch nicht vorstellen konnte, dass dieser Janik einen eigenen Bekanntenkreis erlaubt hatte.

Mesuts Gedanken schweiften zu Robert. Er war diesem vor Jahren in einem Gayclub über den Weg gelaufen, wo sie um ein und denselben Twink buhlten, den sie sich schlussendlich sogar bei einem Dreier geteilt hatten und seitdem waren sie miteinander befreundet. Es war nicht unbedingt eine dieser ‚Beste Freunde'-Beziehungen, die sie beide verband, aber man genoss es, zusammen um die Häuser zu ziehen.

Irgendwann hatte Robert ihm dann Janik vorgestellt und wenig später auch ihre spezielle Art der Beziehung erklärt. Bis dahin hatte Mesut wenig Ahnung von der Master/Slave-Szene gehabt, war aber durchaus wissbegierig und wollte mehr darüber erfahren. Tatsächlich hatte er seinen Freund sogar einmal in eines dieser Etablissements begleitet, konnte danach aber mit absoluter Sicherheit behaupten, dass dies nicht seine Welt war.

Die Erinnerungen an seinen Besuch im M/S-Club liess Mesut gedankenverloren den Kopf schütteln. Er konnte einfach nicht nachempfinden, was man daran erregend fand, wenn ein Master seinen Sklaven an der Leine hinter sich herzog und diesen später zu seinen Füssen sitzen liess. Genauso wenig wie er nachvollziehen konnte, dass man bei Schlägen und Demütigungen sexuell stimuliert wurde, sei es nun als Schlagender oder Geschlagener.

Trotzdem war er der Meinung, dass das alles in Ordnung ging, wenn diese Praktik beide Parteien zufriedenstellte. Angeekelt war er jedoch gewesen, als er gesehen hatte, dass Sklaven auch dazu gezwungen wurden, die Pisse anderer Gäste zu trinken. Hier hörte für ihn der Spass auf und das war dann auch der Zeitpunkt gewesen, wo er sich von Robert verabschiedet und den Club postwendend verlassen hatte.

Obwohl er nicht wusste, welche Praktiken Robert bei Janik angewandt hatte, war er bis heute der Meinung gewesen, dass die Beziehung der beiden zu funktionieren schien. Doch eigentlich konnte er nur für Robert, der in den letzten Jahren regelmässig anpries, wie unvergleichlich vorteilhaft doch so ein Leibeigener wäre, sprechen. Da Janik sich nie beklagte – im Gegenteil: er himmelte seinen Meister geradezu an – hatte Mesut sich auch nie dazu veranlasst gefühlt, diese Verbindung anzuzweifeln. Etwas beschämt musste er jetzt aber zugeben, dass er in den vergangenen Jahren so gut wie kein persönliches Wort mit Janik getauscht hatte, weil dieser sowieso nur geantwortet hatte, wenn er von seinem Meister die Erlaubnis dazu erhielt.

Als er heute bei Robert auftauchte, um wie jeden Samstag gemeinsam zu joggen, hatte er eher nebenbei und mehr aus Gewohnheit nach Janik gefragt. Roberts Antwort darauf hatte er für einen dummen Spruch gehalten.

„Der liegt schon seit drei Tagen unten im Keller und wartet wohl darauf, dass sein elendes Leben endlich zu Ende geht. Ich sag dir, Mesut, wenn der nicht bald seinen Arsch bewegt, muss ich noch selbst nachhelfen und ihn vor die Tür setzen", hatte Robert mit einer wegwerfenden Handbewegung geantwortet und sich bereits der Eingangstür zugewendet, um ihre Joggingtour zu starten.

„Wie meinst du denn das?", hatte er gefragt und wohl ziemlich verwirrt dabei ausgesehen. Es waren einerseits Roberts Worte, aber andererseits auch dessen kalte, abfällige Stimme, die ihn hellhörig gemacht hatten.

„Na wie wohl? Ich hab mich von Janik getrennt, aber der Blödmann versteht wohl nicht ganz, dass es mir ernst damit ist und verschanzt sich jetzt dort unten. Dabei kommt heute Timo, mein neuer Sklave, und ich möchte nun wirklich nicht, dass der sich erst noch mit der Beseitigung seines Vorgängers herumschlagen muss“, hatte Robert ihm erklärt.

Das war der Moment gewesen, wo Mesut die ganze Situation komplett erfasst hatte. Erst war er über Roberts Kaltschnäuzigkeit geschockt gewesen, doch bald war Zorn in ihm aufgeflammt, so dass er wutschnaubend an seinem Freund vorbei zur Kellertreppe gestapft und nach unten gegangen war.

Schon allein die Tatsache, dass sich dort unten ein Raum mit Schlaflager befand, der offensichtlich auch als Ort der Züchtigung eines Sklaven diente, war für Mesut unfassbar. Unzählige Schlagutensilien wie Peitschen und Klatschen hingen an den Wänden, auf einem Tisch lagen in Reih und Glied metallene Gerätschaften, deren Verwendung er nicht kannte und bestimmt auch nicht wissen wollte. Als er dann auch noch Janik auf der Pritsche in einem völlig apathischen Zustand antraf, musste er sich zurücknehmen, um Robert nicht an die Gurgel zu gehen.

Dies hier hatte ganz sicher nichts mit einem Abkommen in gegenseitiger Absprache zu tun, all das zeugte eher von einem menschenverachtenden Verhalten, welches Mesut seinem Freund niemals zugetraut hätte. War es nicht Robert gewesen, der ihm vor Jahren erklärte, dass ein Meister auch eine grosse Verantwortung seinem Sklaven gegenüber hatte, indem er für dessen Wohlbefinden Sorge trug? Ganz offensichtlich war Robert nicht mehr der Meinung, sich selbst dieser Regel unterordnen zu müssen.

Kurz entschlossen hatte Mesut Janik gepackt und ihn zu seinem Auto getragen. Um ehrlich zu sein, hatte er sich zu diesem Zeitpunkt noch keine Gedanken über die Folgen seines Handelns gemacht, sondern einfach nur dafür sorgen wollen, dass Janik ausser Reichweite von Robert war. Das ganze Verhalten seines Freundes war für Mesut so fremd, dass er sich in diesem Augenblick fragte, ob er Robert überhaupt kannte, was er mit einem Blick auf den verwahrlosten Sklaven entschieden verneinen musste.

Nun befand sich also ein vom Meister entlassener Sklaven in seinem Haus, von dem er rein gar nichts wusste und auch keine Ahnung hatte, was er mit ihm anfangen sollte. Sicher war nur, dass er morgen mit Janik ein klärendes Gespräch über dessen Zukunft führen musste. Für heute hatte er selbst nicht den Nerv dazu, denn, um sich von Janiks devotem Verhalten nicht wieder provozieren zu lassen, brauchte er einen klaren Kopf.

***

Immer wieder sah Janik auf die Uhr, bis er sich schliesslich entschied nach unten zu gehen, um das Frühstück zuzubereiten. Er wusste zwar nicht, wann Mesut an einem Sonntag aufzustehen pflegte, aber er wollte auf jeden Fall bereit sein.

Bei Robert war er jeden Tag sehr früh aufgestanden, weil sein Meister nicht gerne wartete. Zudem wollte Robert sonntags immer mit einem Blowjob geweckt werden, um dann direkt ins vorbereitete Bad gehen können, bevor sie gemeinsam das Frühstück einnahmen. Janik hatte all diese Dinge gerne für seinen Master getan und es hatte für ihn nichts Schöneres gegeben, als wenn dieser für ihn ein Wort des Lobes übrig hatte.

Jetzt stand er natürlich vor dem Problem, wie er seine Dienste bei Mesut am besten gestalten sollte, weil er dessen Bedürfnisse und Wünsche ja noch gar nicht kannte. Ein Frühstück war aber für den Anfang sicher nicht falsch und das Bad konnte er ihm immer noch danach anbieten, genauso wie den Blowjob.

Tatsächlich kam Mesut eine halbe Stunde später noch etwas verschlafen die Treppe runter und bestaunte im Esszimmer den reichlich gedeckten Tisch.

„Was ist denn hier los?“, grummelte er und strich sich die vom Schlaf verwuschelten Haare zurück.

„Ich habe Frühstück gemacht. Ich weiss noch nicht, was du am liebsten isst, deshalb habe ich einfach alles auf den Tisch gestellt. Ich hoffe, dass ist in Ordnung für dich?“, fragte Janik und blickte verunsichert zu Mesut.

„Ja, ist toll, auch wenn ich morgens kein grosser Esser bin.“

„Aber vielleicht hättest du gerne einen Kaffee. Setz dich doch, ich bring ihn dir gleich“, erwiderte Janik und drehte sich, nachdem Mesut mit einem Nicken geantwortet hatte, in Richtung Küche.

Offensichtlich war sein Gastgeber ein Morgenmuffel, registrierte Janik und brachte wenig später den Kaffee an den Tisch, wo sich Mesut bereits gesetzt hatte. Während dieser den ersten Schluck trank, blieb er neben ihm stehen und wartete auf weitere Wünsche.

„Was?“, fragte Mesut genervt und stellte die Tasse etwas unsanft ab, als er bemerkte, dass Janik immer noch neben ihm stand.

„Kann ich dir noch mit etwas anderem dienen?“

„Setz dich hin und iss selbst etwas, oder hast du bereits gefrühstückt?“

„Nein, aber wenn es dein Wunsch ist, dann werde ich mich hinsetzen."

Nachdem Janik sich gesetzt hatte herrschte erst einmal Stille, bis Mesut schliesslich sagte: „Hör mal zu. Falls du hier dieses Master/Slave-Ding mit mir abziehen willst, kannst du das gleich wieder vergessen. Da steh ich überhaupt nicht drauf, ist das klar?"

„Aber..." Mit einer unwirschen Handbewegung unterbrach Mesut ihn.

„Nein, kein aber. Ich bin durchaus in der Lage mir mein Frühstück selbst zu machen und du bist nicht hier, um mich zu bedienen."

„Ich mache das aber gerne", sagte Janik leise und konnte nur mit Mühe Mesuts Blick standhalten.

„Du willst mir doch nicht ernsthaft weissmachen, dass es dir Freude bereitet einen anderen von A bis Z zu bedienen?"

„Doch."

Aufstöhnend legte Mesut den Kopf in den Nacken und schlug die Hände vors Gesicht, die er kurze Zeit später wieder sinken liess und Janik eindringlich ansah.

„Aber was ist mit dir? Was ist mit deinen eigenen Wünschen und Bedürfnissen? Wer befriedigt die denn?"

„Ich bin glücklich, wenn man mit meiner Arbeit zufrieden ist."

Mesut schüttelte resigniert den Kopf. „Nun gut, ich denke wir kommen im Moment damit nicht weiter. Trotzdem müssen wir uns Gedanken machen, wie es in Zukunft mit dir weitergeht."

„Ich könnte dir den Haushalt führen", antwortete Janik und war froh, dass Mesut anscheinend bereit war, einzulenken. Offenbar hatte dieser endlich verstanden, dass Janik als sein Diener von Robert hierher geschickt worden war.

„Dafür habe ich eine Putzfrau, die einmal die Woche kommt“, entgegnete Mesut uneinsichtig.

„Dann werde ich mich deiner anderen Bedürfnisse annehmen.“ Janik war nicht bereit nachzugeben, denn hier ging es um Roberts Wunsch und diesem galt es gerecht zu werden.

„Aha, und wie soll das aussehen?“

„Was immer du von mir erwartest, ich werde es tun“, antwortete Janik überzeugt.

„Dann will ich, dass du dir einen Job suchst und dein Leben selbst in die Hand nimmst“, sagte Mesut genervt.

Erschrocken blickte Janik sein Gegenüber an. Wie stellte sich Mesut das denn vor? Er hatte noch nie seinen eigenen Lebensunterhalt verdient und wusste nicht, wie man zu einem Job kam.

„Ich weiss nicht, wie das geht. Ich habe noch nie gearbeitet“, sagte er deshalb ganz leise und senkte nun doch den Blick. Der Start hier in seinem neuen Domizil war alles andere als gut verlaufen. Mesut wollte weder von ihm bedient werden, noch durfte er den Haushalt machen. Jetzt musste er auch noch eingestehen, dass er unfähig war, sich einen Job zu suchen. Ein kurzer Blick in das Gesicht des anderen zeigte eindeutig dessen Unzufriedenheit, was Janik tief betrübte. Im Moment war er wohl kaum ein würdiger Sklave!

„Okay. Dann lass uns überlegen, was du machen könntest, damit wir wissen in welche Richtung wir dir einen Job suchen sollen. Was kannst du denn gut?“, fragte Mesut seufzend und blickte Janik fragend an.

„Robert sagt, ich bin ein guter Diener und Bläser.“

„Bläser?“

„Mein Blowjob könne sich sehen lassen, hat Robert gemeint. Soll ich es dir zeigen?“

„Spinnst du?“, rief Mesut aus und sprang von seinem Stuhl. „Ich glaube wirklich, bei dir ist eine Schraube locker, Janik. Ich spreche hier doch nicht von deinen Qualitäten beim Sex. Ich wollte lediglich abklären, womit du dein Geld verdienen könntest. Meinst du etwa, ich würde dich auf den Strich schicken?“

„Ich bin doch nicht davon ausgegangen, dass du mich anschaffen lassen willst, Mesut. Ich wollte dir doch nur anbieten, dich selbst von meinen Fähigkeiten zu überzeugen.“

„Oh Mann, was hat Robert nur mit dir gemacht. Hat er dich einer Gehirnwäsche unterzogen, oder was? Das ist doch nicht normal. Wir leben im 21. Jahrhundert und die Zeit von Leibeigenen und Sklaven ist in unseren Breitengraden schon längst vorüber. Es kann dich doch nicht wirklich befriedigen, wenn du einem anderen den Arsch abwischen musst. Vor allem wenn man bedenkt, dass dein ach so hochgeachteter Meister dich gestern gerade im hohen Bogen aus dem Haus geworfen hat. Wo ist denn da der Reiz, sich so einem Arschloch unterzuordnen? Kannst du mir das vielleicht einmal erklären?“

Janik entschied sich zu schweigen, denn ganz offensichtlich konnte Mesut die Beziehung zwischen seinem Master und ihm nicht nachvollziehen.

„Ich warte auf eine Antwort“, forderte sein Gegenüber zähneknirschend.

„Robert will mich auf die Probe stellen“, antwortete Janik und merkte, dass seine Stimme etwas trotzig klang.

„Aha. Und wie sieht diese Probe denn aus?“

„Er will, dass ich dir zu seiner Zufriedenheit diene, dann wird er mich wieder zurückbeordern."

Das laute Geräusch, das Mesuts Hand verursachte, als er diese auf den Tisch schlug, liess Janik erschrocken zusammenzucken.

„Falsch!", rief sein Gastgeber aus. „Dein Master hat die Nase gestrichen voll von dir und hat bereits einen neuen Sklaven, der mittlerweile bei ihm eingezogen ist. Wenn ich dich gestern nicht mitgenommen hätte, wäre der erste Auftrag des neuen Fussabwischers deines Ex-Masters gewesen, dich vor die Tür zu setzen. Robert will rein gar nichts mehr von dir wissen, mein Lieber. Was denkst du wohl, weshalb er dich drei Tage lang in diesem Kellerloch hat liegen lassen?"

„Ich weiss nicht genau, was ich falsch gemacht habe, aber bestimmt habe ich die Bestrafung verdient."

Ein unartikuliertes Knurren aufgrund Janiks Erklärung entfuhr Mesut und die geballten Fäuste liessen darauf schliessen, dass dieser sich über ihn ärgerte.

„Dir ist nicht zu helfen, Janik. Ich werde jetzt Joggen gehen und wenn ich zurück bin, reden wir noch einmal über diese ganze Sache. Im Moment muss ich erst einmal wieder runterkommen, sonst sehe ich mich noch gezwungen, dich so lange zu schütteln, bis du endlich zur Vernunft kommst."

Mit diesen Worten drehte sich Mesut um und verliess den Raum, während Janik ihm niedergeschlagen nachsah. Ob sein Gastgeber ihn je als Sklave annehmen würde, stand wohl noch in den Sternen geschrieben.

***

Mit ausholenden Laufschritten brachte Mesut schnell eine immer grösser werdende Distanz zwischen sich und das Haus. Er hatte einfach das Weite suchen müssen, ansonsten hätte er für sich und sein Handeln die Hand nicht mehr ins Feuer legen können. Dieses unterwürfige Gehabe von Janik brachte ihn einfach zum Kochen!

Er wusste zwar nicht genau wieso, glaubte jedoch den Grund dieser Aversion bei seinen Eltern zu finden. Seine Mutter hatte sich ebenfalls in dieser Art und Weise seinem Vater gegenüber verhalten, der – als gebürtiger Türke – dieses Gebaren von seiner Gattin verlangt hatte. Mesuts Erzeuger brachte seine deutsche Mutter sogar dazu, zum islamischen Glauben zu konvertieren, so dass sie ab da ihre wundervollen blonden Locken nicht mehr in der Öffentlichkeit zeigen durfte.

Trotz des devoten Verhaltens der Mutter war die Ehe seiner Eltern aber schlussendlich doch zum Scheitern verurteilt gewesen, weil sein Vater sich Freiheiten herausgenommen hatte, die wohl kaum eine Frau auf die Dauer einfach so hinnahm. Das ewige Fremdgehen hatte bereits einen Keil zwischen die Eheleute getrieben, die locker sitzende Hand, die nur allzu oft seine Mutter während Streitereien traf, tat ihr Übriges, doch der wahre Trennungsgrund war sicher Mesuts Outing gewesen, das sein Machovater einfach nicht akzeptieren konnte. Von heute auf morgen hatte sein alter Herr die Sachen gepackt, die Bankkonten geplündert und sich in seine Heimat abgesetzt.

Es war eine schwere Zeit für Mesut und seine Mutter gewesen, die nach jahrelanger Isolation in den eigenen vier Wänden den Lebensunterhalt für sie beide bestreiten musste, doch sie hatte es geschafft und ihrem Sohn sogar ein Studium in Sportwissenschaften finanziert.

Heute bestand die Familie nur noch aus seiner Mutter, denn zu dem Arschloch von einem Vater wollte er gar keinen Kontakt mehr, auch wenn dieser irgendwann einmal vor seiner Tür aufgetaucht war, die Mesut ihm aber gleich wieder vor der Nase zugemacht hatte. Ausser dem türkischen Namen, den dunklen Augen und Haaren, hatte er nichts mit seinem Erzeuger gemein und dafür war er mehr als dankbar.

Mit einem kurzen Zwischensprint versuchte Mesut, die unschönen Gedanken über die leidige Familiengeschichte zu verdrängen und landete automatisch bei den Problemen mit seinem Gast. Wie sollte es mit Janik weitergehen? Eines war klar: Der Kleine musste unbedingt lernen, sein Leben selbst in den Griff zu bekommen, was aber sicher eine Weile dauern würde. Bis es aber soweit war, würde er wohl oder übel bei Mesut wohnen bleiben, denn seit er ihn aus Roberts Keller rausgeholt hatte, fühlte sich Mesut irgendwie für Janik verantwortlich.

Als erstes musste ein Job her, damit der andere begriff, dass er gar nicht in vollständiger Abhängigkeit von einem Kerl leben musste. Hier ging es vordergründig um das Recht auf Selbstbestimmung, was Janik offenbar noch lernen musste. Was dieser in sexueller Hinsicht praktizieren wollte, war etwas ganz anderes und auch dessen eigene Sache. Mesut hatte grundsätzlich nichts gegen Perversionen jeglicher Art, solange alle Parteien, die daran beteiligt waren, damit zufrieden waren. In Janiks Fall schien das zwar auch irgendwie zuzutreffen, doch war sich Mesut ziemlich sicher, dass dieser gar keine Alternativen kannte. Die Fremdbestimmung über sein Leben war für ihn zur Selbstverständlichkeit geworden und die Beziehung zu Robert deutete ganz klar auf Hörigkeit hin.

Plötzlich kam Mesut eine Idee: Er würde nachher Tarek anrufen und ihn fragen, ob er Hilfe im Bistro gebrauchen konnte. Dort würde Janik den lieben langen Tag Gäste bedienen können, was ihm vielleicht sogar gefallen könnte.

Zufrieden mit sich und diesem Einfall steigerte Mesut noch einmal das Tempo und kam schliesslich ausgepowert, aber entspannt, wieder bei seinem Haus an, wo er direkt ins Badezimmer ging um sich zu duschen.

„Janik, kannst du mal kommen?“, rief er etwa eine Stunde später, nachdem er mit Tarek telefoniert hatte, nach oben.

„Ich komme“, hörte er seinen Gast antworten und wenig später waren dessen Schritte auf der Treppe zu hören.

„Zieh dich an, wir fahren zu Tarek, einem Freund von mir. Er hat ein Bistro, in dem du morgen als Aushilfe im Service anfangen kannst“, erklärte Mesut ohne Umschweife, als Janik vor ihm stand.

„Im Service?“ Völlig perplex starrte der andere ihn an.

„Du hast doch gesagt, dass du es magst, andere zu bedienen. Was wäre also besser geeignet als der Service in einem Lokal?“

„Ich dachte aber eher daran, dich und nicht fremde Leute zu bedienen.“

„Tja, aber du musst doch irgendwie Geld verdienen. Also?“, erklärte Mesut und blickte sein Gegenüber auffordernd an.

„Ich weiss nicht…ob Robert…“

Energisch unterbrach Mesut Janiks Kommentar und sagte mit etwas lauterer Stimme: „Robert geht mich einen feuchten Dreck an. Und dich seit gestern übrigens auch nicht mehr. Er wird dich nicht wieder zurückholen, verdammt nochmal. Jetzt geh, zieh deine Schuhe und Jacke an, damit wir zu Tarek fahren können."

Obwohl Janik bei seinem herben Ton zusammenzuckte, ging er folgsam zur Garderobe und tat, was ihm gesagt worden war. Wenig später sassen sie im Auto und fuhren zu Tareks Bistro, dem ‚Cosmopolitan'.

In der Nähe von Tareks Lokal fand Mesut einen Parkplatz und stieg aus, wobei er durchaus bemerkte, dass Janik noch einen Moment sitzenblieb und erst dann verunsichert ausstieg, um das Auto herumging und zu ihm kam. Offensichtlich behagte ihm der Gedanke nicht, gleich seinen neuen Arbeitsort kennenzulernen.

„Was ist denn?", fragte Mesut und konnte nicht verhindern, dass er dabei gereizt klang. Es war für ihn nicht nachvollziehbar, weshalb sich der andere so schwer damit tat fremde Menschen zu bedienen, vor allem wenn man versuchte sich vorzustellen, was er sich sonst alles von seinem Master bieten liess. So genau wollte er das aber gar nicht wissen, weshalb er bis jetzt auch nicht explizit danach gefragt hatte, dennoch hatten die Gerätschaften in Roberts Keller Bände gesprochen.

„I...ich weiss nicht, ob i...ich das kann", stotterte Janik leise, so dass es beinahe nicht zu verstehen war.

„Jetzt lass uns erst einmal dahin gehen und uns alles ansehen, dann sehen wir weiter, okay?", lenkte Mesut ein, weil ihm der andere nun doch etwas leid tat, griff ihn bei der Hand und zog ihn hinter sich her.

Im ‚Cosmopolitan' war es noch nicht ganz so voll wie üblich, weshalb Mesut seinen russischen Freund Tarek auch gleich am Tresen entdeckte, wo dieser mit seinem Lebenspartner Federico in ein Gespräch vertieft war. Von weitem schon konnte man den beiden ansehen, wie sehr sie sich zugetan waren, was ihn selbst heute noch jedes Mal überraschte.

Tarek war – bevor er vor zwei Jahren mit seinem Partner zusammenkam – einer der begehrtesten Kerle in der Gayszene gewesen, doch Federico hatte den stolzen Hengst gezähmt. Seitdem die beiden zusammen waren, gab es für Tarek keinen anderen Mann mehr, obwohl sein Lebensgefährte mit ein paar Pfunden zu viel auf den Hüften allem anderen als dem gängigen Schönheitsideal entsprach. Die meisten Leute hatten anfangs Zweifel, ob das Paar auch wirklich zusammenbleiben würde, doch wenn man Federicos Lächeln sah, das Tarek immer wieder auf dessen Gesicht zauberte, dann konnte man erkennen, was der Russe in seinem Partner sah. Tareks Liebe machte aus Federico beinahe eine Schönheit, die nichts mit dessen äusseren Attributen zu tun hatte.

Als die beiden Turteltauben Mesut bemerkten, winkten sie ihn zum Tresen, an dem er sich gleich neben Tarek auf einem Hocker niederliess. Janik blieb dicht bei ihm stehen und blickte unter gesenkten Wimpern unsicher in die Runde.

„Hallo ihr beiden. Das hier ist Janik, der gerne bei euch arbeiten möchte. Und das hier sind Tarek und Federico“, stellte Mesut sie einander vor.

„Hallo Janik“, begrüsste Federico den anderen freundlich und streckte ihm die Hand zur Begrüssung hin, die dieser auch nahm und zaghaft schüttelte, aber zeitgleich etwas ängstlich zu Tarek hinüber schielte. Der Russe konnte einen schon einschüchtern, war er doch beinahe zwei Meter gross und sehr muskulös, aber tief in seinem Inneren hatte er einen weichen Kern, vor allem wenn es um seinen Liebsten ging, der ihm nun mit einem

Kopfnicken andeutete, sich ebenfalls nett bei Janik vorzustellen.

„Ich bin Tarek und der Chef hier, auch wenn man sich da mittlerweile nicht mehr so ganz sicher ist, denn Federico scheucht mich manchmal wie einen Sklaven umher“, sagte er und schenkte seinem Freund ein liebevolles Lächeln, das dieser erwiderte. „Du willst also bei uns anfangen?“

Mit einem unsicheren Blick auf Mesut nickte Janik zur Bestätigung.

„Keine Angst, hier wird niemand gefressen. Morgen kommst du am besten zur Frühstücksschicht, die ist nicht ganz so hektisch, und dann wird dich mein Süsser zusammen mit Lukas, der heute nicht da ist, einweisen. Beide verstehen ihr Handwerk und wenn du dich nicht völlig ungeschickt anstellst, dann wird das schon“, erklärte Tarek gutmütig.

„Ja“, erwiderte Janik schlicht und suchte wieder bei Mesut mit einem Blick die Bestätigung, ob er sich richtig verhielt, was diesen insgeheim den Kopf schütteln liess. Noch nie zuvor hatte Mesut einen so unsicheren und unselbständigen Kerl wie Janik kennengelernt.

Nachdem er noch mit seinen Freunden ein paar Worte gewechselt hatte und sie den Zeitpunkt für Janiks Schichtbeginn verabredet hatten, verliessen Mesut und Janik wieder das Lokal und fuhren zurück. Zuhause ging jeder von ihnen seiner Wege und sie trafen erst zum Abendessen wieder aufeinander, das aber mehr oder weniger schweigsam zu sich genommen wurde.

***

Stunden vor seinem Arbeitsantritt war Janik schon wach und wälzte sich im Bett hin und her. Ein Teil von ihm freute sich darauf im ‚Cosmopolitan' arbeiten zu dürfen, aber der weitaus grössere Teil ängstigte sich davor. Er hatte schlicht und einfach Angst, den Anforderungen nicht gerecht zu werden, weshalb er am liebsten gar nicht erst aufstehen mochte. Damit würde er aber Mesut enttäuschen und das wollte er auf keinen Fall, denn hier galt es dessen Wunsch nachzukommen, damit Robert ebenfalls mit ihm zufrieden war.

Noch immer war er der Überzeugung, dass es sich hier lediglich um einen Test seines Masters handeln konnte, obwohl Mesuts abfällige Äusserungen über Roberts Verhalten erste Zweifel gesät hatten, die er aber sofort wieder verdrängte. Er wollte sich einfach nicht von seinem Traum, irgendwann wieder in sein altbekanntes Leben zurückkehren zu können, verabschieden.

Endlich war es Zeit aufzustehen, und nach einer Dusche machte er sich daran, das Frühstück vorzubereiten. Wenig später kam auch Mesut hinunter und gesellte sich zu ihm in die Küche.

„Na, schon aufgeregt? Freust du dich?", fragte Mesut und blickte ihn über den Rand der Tasse, die Janik zuvor mit Kaffee gefüllt hatte, an.

Was sollte er jetzt antworten, damit er nicht etwas Falsches sagte? Er entschied sich einfach für ein Nicken.

„Was jetzt nun? Aufgeregt oder Freude?", fragte Mesut ungeduldig und es war klar, dass er diesmal eine verbale Antwort erwartete.

„Beides, aber...", Janik brach ab und biss sich auf die Unterlippe.

„Was aber?"

„I...ich möchte dich nicht enttäuschen", stotterte er und senkte den Blick.

„Weshalb solltest du mich denn enttäuschen?“ Mesut schien ehrlich überrascht.

„Es sind doch deine Freunde und wenn ich mich nicht richtig anstelle, wird es dir peinlich sein. Ich bin immer schon etwas langsamer als andere gewesen und brauche vielleicht länger, um den Anforderungen gerecht zu werden“, erklärte Janik leise und hielt den Blick stoisch auf seine Hände gerichtet.

„Janik, sieh mich an“, forderte Mesut nach einem Moment der Stille.

Langsam hob dieser den Blick und traf auf Mesuts Augen, die ihn eindringlich, aber nicht wütend oder abfällig anblickten.

„Hier geht es nicht um mich, sondern um dich. Du sollst lernen selbst für dich zu sorgen, damit du in Zukunft nicht mehr von jemandem abhängig bist. Verstehst du?“ Nachdem Janik genickt hatte, fuhr Mesut fort: „Keiner erwartet, dass du vom ersten Tag an der neue Anwärter für den Rang des ‚Angestellten des Monats‘ bist. Du gehst also einfach dorthin, gibst dein Bestes und damit ist gut, okay?“ Die letzten Worte hatte Mesut beinahe sanft ausgesprochen, was Janik dazu verleitete, seinem Gegenüber ein kleines, wenn auch unsicheres Lächeln zu schenken.

„Okay“, antwortete er und erntete damit ein breites Grinsen von Mesut, das Janik das Gefühl vermittelte, dass dieser mit ihm zufrieden war und ihn somit glücklich seufzen liess.

Vor dem ‚Cosmopolitan‘ winkte Janik Mesut, der mit seinem Wagen wieder davonfuhr, noch nach. Sein Gastgeber hatte es sich nicht nehmen lassen, ihn am ersten Arbeitstag zu fahren, wofür er ihm auch wirklich dankbar war, weil er sich nämlich keine Gedanken darüber gemacht hatte, womit er den Arbeitsweg überhaupt bestreiten sollte.

Mit unsicheren Schritten betrat er das Lokal und wurde, kaum dass er eingetreten war, von Federico freudig zur Theke herüber gewunken.

„Hey Janik, das hier ist Lukas“, stellte er ihm einen anderen Mitarbeiter vor, der ihn nachdenklich musterte.

„Du kommst mir bekannt vor, kennen wir uns von irgendwoher?“, fragte Lukas, als er zur Begrüssung Janiks Hand schüttelte.

„Das glaube ich kaum, ich wüsste auch nicht woher“, antwortete er schüchtern.

„Okay, dann hab ich dich wohl verwechselt“, lachte der andere und schlug ihm kameradschaftlich auf die Schulter. „Also dann, womit wollen wir anfangen? Du kannst auswählen zwischen dem Service mit Federico oder dem Ausschank mit mir hier hinter dem Tresen. Wobei ich dir raten würde, erst einmal mit letzterem zu beginnen, damit du alle Geräte kennenlernst.“

Mit einem Nicken erklärte sich Janik damit einverstanden und wurde in den nächsten Stunden von Lukas in die Tresentätigkeit eingeführt. Wider Erwarten musste er feststellen, wie viel Spass ihm dieser Job machte, so dass er mit Feuereifer bei der Sache war und kaum merkte, wie schnell die Zeit verging.

Nach dem Mittagsgeschäft wurde Janik aufgefordert, den Kühlschrank unter der Theke mit neuen Getränken aufzufüllen. Während Lukas nach hinten ging, um Nachschub zu holen, kniete Janik sich vor den Kühlschrank und begann, die Flaschen neu einzuordnen. Plötzlich bemerkte er, wie der andere, der mittlerweile mit einer Kiste zurückgekehrt war, wie erstarrt neben ihm in seiner

Bewegung innehielt. Verunsichert blickte er auf und hörte, wie Lukas scharf den Atem einsog.

„Jetzt weiss ich, woher ich dich kenne. Du bist ein Sklave, nicht wahr?“, hörte er den anderen leise sagen.

„Was?“ Die Tatsache, dass ihn hier jemand erkannte, schockierte Janik.

„Natürlich, ich erinnere mich. Du warst der Sklaven von – wie hiess das Arschloch noch gleich? – Robert, glaube ich“, beharrte Lukas mit angewidertem Gesichtsausdruck.

„I...ich...“

„Mann, sei bloss froh, dass du den Ausstieg aus dieser Scheissszene geschafft hast. Wie lange bist du denn da schon raus?“

„I...ich... Er...er hat sich letzte Wo...Woche von mir getrennt“, erklärte Janik verunsichert. „Aber das ist nur vorübergehend, es ist vermutlich lediglich ein Test“, redete er schnell weiter und senkte verlegen den Blick.

Er wollte den mitleidigen Blick von Lukas nicht sehen, den man unter seinesgleichen in der Szene für einen abgelegten Sklaven übrighatte. Es war bestimmt keine Auszeichnung für ihn, dass sein Master sich entschieden hatte, ihn gegen einen neuen Sklaven einzutauschen. Ganz im Gegenteil: Ein Master überlegte sich so einen Schritt zweimal, denn die Anleitung eines neuen Sklaven dauerte in der Regel weit länger als ein oder zwei Tage. Um soweit zu sein, unaufgefordert die Wünsche eines Meisters zu erkennen, musste ein Sklave lange und intensiv angelernt werden.

Einen Moment lang blickte Lukas ihn nachdenklich an, bis er schliesslich sagte: „Du solltest froh sein, dass dir Robert den Laufpass gegeben hat. Ich kann mich gut an ihn erinnern und bin der Meinung, dass er kein guter Master ist.“

„Das ist doch gar nicht wahr!“, rief Janik bestürzt aus. „Er hat immer gut für mich gesorgt. Mir hat es nie an etwas gefehlt.“

„Ach ja? Und was ist mit den Demütigungen, die er dir zugemutet hat? Und jetzt erzähl mir nicht, dass du es genossen hast mit ansehen zu müssen, wie er vor dir einen anderen gefickt hat.“

„Was weisst du schon von der Beziehung zwischen Robert und mir?“, versuchte Janik sich und seinen Master zu verteidigen.

„Es ist zwar schon lange her, aber ich kann mich noch genau an den Schmerz in deinen Augen erinnern, als er dich gezwungen hat zuzusehen, wie er es einem anderen besorgt hat“, sagte Lukas mit kalter Stimme, wobei sein Blick in Erinnerungen versunken in die Ferne zu schweifen schien.

„Woher willst du das denn wissen?“ Obwohl Lukas‘ Worte der Wahrheit entsprachen, konnte er ihm einfach nicht recht geben, denn als Sklave hatte Janik seinem Meister diese Abwechslung zu gönnen. Es war schliesslich allein seine Unzulänglichkeit gewesen, weshalb Robert sich seine Befriedigung an anderer Stelle holen musste. Janik hatte es nie geschafft, alle Bedürfnisse seines Masters zu stillen.

„Ich weiss das so genau, weil ich selbst einmal als Roberts Fickstück herhalten musste“, sagte Lukas, drehte sich ohne ein weiteres Wort um und verschwand nach hinten in die Personalräume. Zurück blieb ein geschockter Janik, der sich nun damit auseinandersetzen musste, dass sein Arbeitskollege genau wusste, wie unzureichend er als Sklave war. Hinzu kam die Erkenntnis, dass sich Lukas anscheinend ebenfalls in der M/S-Szene auskannte und offenbar auch einmal ein Sklave gewesen war. Janik hatte aber nicht den Mut, den anderen über Genaueres auszufragen.

Zum Glück zog das Mittagsgeschäft bald an und Lukas konnte Janik nicht erneut mit seinem Wissen über Robert konfrontieren. Trotzdem konnte er das Gefühl nicht loswerden, dass der andere ihn in jeder freien Minute beobachtete.

Gegen Ende der Schicht kam Federico zu ihm und nahm ihn mit in Tareks Büro, wo ihm die beiden mitteilten, dass sie mit seiner Arbeit sehr zufrieden waren und ihn gerne weiterbeschäftigen würden, was er freudig zur Kenntnis nahm. Es hatte etwas Befriedigendes, dass er die Arbeit zu Tareks und Federicos Zufriedenheit erledigen konnte. Bestimmt würde Mesut das ebenso sehen.

***

Als Mesut ins ‚Cosmopolitan' kam um Janik abzuholen, sass Lukas mit seinem Lebensgefährten Vladek an einem Tisch. Von weitem konnte man bereits erkennen, dass hier eine hitzige Diskussion im Gange war, weshalb Mesut zuerst unsicher war, ob er überhaupt zu den beiden hingehen sollte. Als Lukas ihn aber erkannte, winkte er ihn zu sich und schob ihm einen Stuhl hin.

„Hallo, ihr beiden, ich will nicht stören. Ich wollte nur Janik abholen. Wo ist er eigentlich?", fragte er und blickte sich suchend um.

„Er ist mit Federico hinten bei Tarek im Büro. Die beiden wollen ihm mitteilen, dass er bleiben kann. Er arbeitet wirklich verdammt gut", erklärte Lukas, blickte aber Vladek an, der grimmig zurückstarrte.

„Soll ich wieder gehen? Irgendwie habe ich das Gefühl, dass ihr noch einiges zu besprechen habt, das nicht für meine Ohren bestimmt ist."

Noch während Mesut sich erhob, wurde er von Vladek am Arm zurückgehalten. Der grosse Russe blickte weiterhin seinen Liebsten an, sprach jedoch mit Mesut als er sagte: „Nein bleib, das hier geht offenbar auch dich etwas an."

„Was ist denn los?", fragte er, nachdem er sich wieder auf den Stuhl gesetzt hatte.

Ein unangenehmes Schweigen breitete sich aus, das Lukas schliesslich unterbrach.

„Hast du gewusst, dass Janik ein Slave ist?"

Die Frage überraschte Mesut, weil er nicht damit gerechnet hatte, dass Janik bereits am ersten Tag so viel von sich preisgeben würde.

„Ja, das weiss ich. Wobei Ex-Sklave wohl eher zutrifft. Sein Master hat ihn kürzlich vor die Tür gesetzt, weshalb er im Moment bei mir untergekommen ist", erklärte er den beiden, wusste jedoch nicht, worauf die zwei hinauswollten.

„Weisst du auch, wer sein Meister ist?"

Mesut nickte. „Ja klar. Robert ist...oder vielmehr war ein Freund von mir."

„Da bin ich aber froh, dass Robert dein Freund *WAR*, weil der nämlich ein absolutes Arschloch ist", brauste Lukas plötzlich auf, wurde aber von Vladek wieder auf die Erde zurückgeholt, indem dieser ihm eine Hand auf den Arm legte.

„Lass gut sein, Süsser. Das geht uns doch eigentlich gar nichts an", versuchte Vladek beruhigend auf seinen Liebsten einzuwirken, was diesen aber nur noch mehr in Rage brachte.

„Ach ja? Da bin ich aber ganz anderer Meinung, Süsser." Das letzte Wort hatte Lukas langgezogen ausgesprochen und zusammen mit dem funkelnden Blick, den er Vladek zuwarf, war klar zu erkennen, dass sich dieser gar nicht beruhigen wollte. „Ich sag dir was, mein Lieber, dieser Robert war noch eine ganze Ecke fieser, als Torsten es je gewesen ist."

„Wer ist denn Torsten?", fragte Mesut nun die beiden Kampfhähne, wobei eigentlich nur Lukas auf Angriff gepolt war, denn Vladek blickte den anderen in seiner überlegenen Art eher nachsichtig an. „Und hört doch bitte auf zu streiten."

„Wir streiten ja gar nicht", antwortete Lukas, sah aber seinen Liebsten fragend an, als dieser lächelnd den Kopf schüttelte sprach er weiter: „Es ist nur so, dass du dich unbedingt darum kümmern musst, dass Janik nicht wieder zu diesem Idioten zurückgeht."

„Das ist einfacher gesagt als getan. Der Kleine ist nach wie vor der Meinung, dass Robert ihn irgendwann zurücknehmen wird."

„Ja, das kann ich mir nur zu gut vorstellen. Ich weiss aus eigener Erfahrung wie schwer es ist, aus diesem M/S-Ding wieder rauszukommen. Ich habe auch nur unter grossen Schwierigkeiten den Ausstieg geschafft und bis vor einiger Zeit – genauer gesagt: bis Vladek mich unter seine Fittiche genommen hat – mit der dauernden Angst gelebt, dass mich Torsten – so hiess übrigens mein Master – irgendwann finden und zurückholen würde. Ich war mir bis zuletzt nicht sicher, ob ich genug Kraft hätte ihm zu widerstehen, wenn er vor mir steht. Und damals war ich bereits fast zwei Jahren weg von dem Arsch."

Verwundert starrte Mesut erst Lukas und dann Vladek an, der mit einem Nicken die Schilderungen seines Liebsten bestätigte. Er hätte nie gedacht, dass der selbstbewusste Lukas auch einmal ein Dasein als Sklave geführt hatte, doch anscheinend wusste dieser, wovon er sprach.

„Was soll ich denn eurer Meinung nach machen? Stellt euch vor, der Kleine ist der Meinung, dass sein Rauswurf lediglich eine Prüfung sei. Er denkt, dass Robert will, dass er mir dient“, erklärte Mesut kopfschüttelnd.

„Na, dann hast du ja bereits die Antwort auf deine Frage“, erwiderte Lukas.

„Wie meinst du das?“

„Lass ihn dienen und zeig ihm damit, dass es ihm bei dir viel besser gehen könnte als bei Robert.“

„Spinnst du? Soll ich etwa mit Klatsche und Peitsche herumlaufen? Da steh ich überhaupt nicht drauf. Ich hab die Dinger in Roberts Keller gesehen und mir ist es kalt den Rücken runter gelaufen. Nein danke, da verzichte ich liebend gerne drauf.“

„Ja, ich weiss“, sagte Lukas plötzlich niedergeschlagen und senkte betreten den Blick.

„Was weisst du?“, mischte sich jetzt Vladek in ihr Gespräch ein, er schien hellhörig geworden zu sein.

„Der Keller“, antwortete Lukas leise.

„Was ist damit?“ Vladek griff über den Tisch und hob das Kinn seines Gefährten an, um in dessen Augen sehen zu können.

„Ich war vor Jahren auch einmal dort“, antwortete Lukas leise. „Robert steht darauf, anderen Schmerzen zu bereiten. Ich hatte es da mit Torsten wirklich besser. Geschlagen hat der mich nicht, auf jeden Fall nicht in der Art und Weise, wie es Janiks Master Freude bereitet.“

„Diese verdammte Drecksau“, sagte Vladek grimmig und strich mit dem Daumen liebevoll über die Wange seines

Gefährten. „Für mich haben all diese Masters einen Dachschaden und man sollte einen nach dem anderen selbst zum Sklaven machen."

„Nur wenige sind wirklich brutal, Vladek. Die meisten sind sehr liebevoll zu ihren Partnern und alles geschieht in gegenseitigem Einvernehmen. Aber wie überall gibt es auch in der Master/Slave-Szene schwarze Schafe. Und Robert ist ganz sicher eines davon", erklärte Lukas.

„Das mag ja sein, mein Süsser", antwortete Vladek, „dennoch werde ich diesem Robert, wenn ich ihm jemals begegne, den Griff seiner Peitsche bis zum Anschlag in den Arsch rammen."

Gerade als Lukas etwas darauf erwidern wollte, kam Janik, gefolgt von Tarek und Federico, an ihren Tisch, was sie davon abhielt, das Thema weiter zu verfolgen.

Auf dem Nachhauseweg dachte Mesut noch einmal über das Gespräch mit Lukas und Vladek nach. Er sollte Janik also das Dienen erlauben, wusste jedoch nicht wirklich, wie er das am besten anstellen sollte. Schliesslich wollte er gar nicht an die Stelle von Robert rücken, nur damit dieser einen neuen Master hatte. Es schien ihm viel wichtiger, dass der andere endlich begriff, dass er sein Leben selbst in die Hand nehmen und auch meistern konnte. Trotzdem führte wohl kein Weg daran vorbei, Janik erst einmal von Mesuts Führungsqualitäten zu überzeugen, damit Robert immer mehr an Reiz verlor, was bedeutete, dass er diesem Aufgaben zuteilen musste, auch wenn es ihm widerstrebte.

„Kannst du eigentlich kochen?", fragte er deshalb Janik, der schweigsam neben ihm aus dem Fenster starrte.

„Mh? Äh ja, natürlich."

„Dann könntest du uns ja etwas zum Abendessen zubereiten, wenn ich am nächsten Supermarkt halte, um alles Nötige einzukaufen."

Ein kurzer Blick in Janiks Gesicht zeigte ihm, dass dieser erfreut schien, so dass er seinen Vorschlag in die Tat umsetzte und wenig später vor einem Lebensmittelladen anhielt.

Eine Stunde später sassen sie sich am Esstisch gegenüber und unterhielten sich über Gott und die Welt. Anfänglich war es schwer gewesen, Janik in ein Gespräch zu verwickeln, doch mittlerweile hatte sich der Kleine etwas entspannt und gab wenigstens nicht mehr nur einsilbige Antworten.

„Woher kommst du eigentlich und was ist mit deiner Familie?", fragte Mesut und bemerkte, dass sein Gegenüber etwas zusammenzuckte. Er hatte sich schon gedacht, dass Janik dieses Thema nicht schmecken würde, aber für sein Vorhaben, ihn zu mehr Selbständigkeit zu bringen, war es bestimmt von Vorteil, wenn er mehr über diesen erfuhr.

„Aus einem kleinen Dorf vom Lande. Ich bin kurz nach meinem achtzehnten Geburtstag da weggegangen und hierhergekommen."

„Jetzt lass dir doch nicht alles aus der Nase ziehen. Was ist mit deinen Eltern? Hast du noch Geschwister? Bist du geoutet?"

Einen Moment schien es, als ob Mesut keine Antwort erhalten würde, doch schliesslich holte Janik tief Luft und begann zu erzählen.

„Ich bin in einem Neunhundertseelendorf aufgewachsen, wo es eigentlich nur drei Personen gibt, die dort das Sagen haben. Der Gemeindepräsident, der Dorfpfarrer und der Dorflehrer, letzterer ist mein Vater. Nach meiner Geburt hatte meine Mutter noch zwei Fehlgeburten, weshalb ich keine lebenden Geschwister habe. Was das Outing angeht? Na ja, der Pfarrer hat mich nach der Sonntagsschule mit einem der Messdiener beim Knutschen erwischt, was natürlich postwendend meinem Vater erzählt wurde. Also ja, irgendwie bin ich schon geoutet."

„Wie muss ich denn das ‚irgendwie geoutet' verstehen? Wissen sie es jetzt oder nicht?"

„Nachdem mein Vater von dem Kuss erfahren hatte wurde ich zwar gefragt, ob ich schwul bin, hatte jedoch keine Möglichkeit mehr zu antworten. Ich denke aber, dass er eins und eins zusammengezählt hat", sagte Janik achselzuckend.

„Weshalb hattest du denn keine Möglichkeit zu antworten?"

„Vater hat die Frage selbst beantwortet und dies schlagkräftig untermauert, was mich zu der Erkenntnis gebracht hat, dass er weiss, wie meine sexuelle Ausrichtung aussieht."

Die emotionslose Art der Schilderung über die Schläge, die Janik aufgrund seiner Homosexualität von seinem Vater bekommen hatte, erschreckte Mesut. Beinahe machte es den Anschein, dass dieser der Ansicht sei, dass er es verdient habe.

„Bist du etwa der Meinung, dass du die Schläge verdient hast?", frage er deshalb fassungslos.

„Meine Eltern hatten es nicht einfach mit mir, weisst du? Ich war immer etwas langsam und habe sie oft enttäuscht. Das mit dem Kuss war nur die Spitze des Eisberges. Ich kann die Reaktion meines Vaters nachempfinden", erklärte Janik tonlos.

„Sag mal, spinnst du? Ich finde nicht, dass deine sexuelle Ausrichtung die Schläge deines Vaters rechtfertigten. Womit hast du denn, deiner Meinung nach, deine Eltern so enttäuscht? Hast du geklaut oder warst du der Dorfschläger?“, echauffierte sich Mesut.

„Nein, natürlich nicht!“, rief Janik entrüstet aus. „Ich bin halt einfach nicht der Sohn, den sie sich gewünscht haben. Ich war nicht gut in der Schule, obwohl mein Vater Lehrer ist. Auch im Sport konnte ich nicht die Leistungen erbringen, die man sich von einem Vorzeigesohn erträumte. Und dann bin ich auch vom Aussehen her mehr nach meiner Mutter geraten, also klein und schmächtig, statt gross und muskulös. Eine Enttäuschung auf der ganzen Linie.“

Es war unglaublich traurig mit anhören zu müssen, wie Janik seine Eltern, die ihm ganz offensichtlich über Jahre hinweg das Gefühl vermittelt hatten, dass er so gut wie wertlos sei, in Schutz nahm. Auf einmal begriff Mesut, wieso sich sein Gegenüber in der Rolle eines Sklaven wohl fühlte. Ein solcher wurde oft ebenfalls als minderwertig angesehen und dessen Platz war deshalb weit unter dem des Masters angesiedelt. Genau das wurde Janik doch auch in all den Jahren zuhause eingetrichtert, weshalb er sich wohl in der Position des Sklaven beinahe schon heimisch fühlte.

Zum ersten Mal nahm sich Mesut jetzt auch die Zeit, den anderen genauer anzusehen. Es war ihm schon vor Jahren aufgefallen, dass Janik ausnehmend hübsch war, doch als Lebensgefährte seines Freundes galt er für ihn als tabu. Natürlich entsprach er nicht dem Paradebeispiel eines Mannes, von dem man eine grosse Statur und Muskeln erwartete. Doch unter den Twinks war er ganz sicher ein richtiger Hingucker. Janik war zwar klein und schmächtig, aber alles an ihm war fest, wenn auch nicht muskulös. Die rotblonden Haare waren vielleicht einen Tick zu lang, aber die wilden Locken vermittelten mit den vereinzelten Sommersprossen rund um die Stupsnase den Eindruck eines Lausbuben, wozu nur die Augen nicht passen wollten, weil diese stets einen melancholischen Ausdruck innehatten. Das Blau hingegen war von sensationeller Intensität und wenn Janik sich freute, strahlten sie geradezu, ganz so wie sie es getan hatten, als er für Mesut kochen durfte.

„Ich finde nicht, dass du eine Enttäuschung bist und Tarek ist anscheinend auch dieser Meinung, sonst würde er dich gar nicht weiter beschäftigen wollen. Er ist zwar mein Freund, aber wenn es ums Geschäft geht, lässt er nicht mit sich reden, falls du denkst, dass du den Job lediglich aufgrund eines Freundschaftsdienstes erhalten hast“, erklärte Mesut und konnte mit diesen Worten ein kleines, scheues Strahlen auf das hübsche Gesicht von Janik zaubern. „Und was dein Aussehen angeht: Ich wüsste nicht was es da zu beanstanden gäbe.“

Mit diesen Worten stand er auf und wollte sich gerade daran machen, das Geschirr in die Küche zu tragen, hielt jedoch inne und wandte sich erneut an Janik: „Machst du auch die Küche sauber, bitte? Ich habe noch einigen Papierkram zu erledigen.“

Als Antwort erhielt er ein freudiges Nicken, weshalb sich Mesut gleich darauf in sein Büro zurückzog. Als selbständiger ‚Personal Trainer‘ war er mittlerweile gut gebucht, aber damit wurde auch der administrative Teil seines Einmann-Unternehmens immer umfangreicher und leider gab es niemandem, dem er die ungeliebte Büroarbeit weitergeben konnte. Obwohl er sich jeden Abend noch ein bis zwei Stunden durch Papiere durchwühlen musste, würde er um nichts in der Welt wieder als Angestellter in einem Fitnessstudio arbeiten wollen. Er mochte es, sich seinen Tag selbst einteilen zu können und sein eigener Herr und Meister zu sein. Letzteres war genau das, was er auch Janik beibringen wollte.

***

Während Janik versuchte den Eindruck zu vermitteln, dass er intensiv Gläser polierte, blickte er immer wieder aus dem Augenwinkel zu dem grossen Dunkelhaarigen, der an der Bar sass. Boris war ein Freund von Vladek und Tarek, und wollte später ebenfalls mit in den Gayclub kommen. Seit einer halben Stunde sass der Russe nun da und versuchte Janik immer wieder in ein Gespräch zu verwickeln, was dieser bis jetzt aber zu verhindern wusste. Nicht, dass Boris kein netter Kerl war, aber Janik war es einfach nicht gewohnt Smalltalk zu machen, weshalb er mehr als verunsichert darauf reagierte. Er war nur froh, dass Mesut ebenfalls bald auftauchen würde, denn ohne ihn hätte er sich niemals der Gruppe der Clubgänger angeschlossen.

Überhaupt war die ganze Sache Mesuts Idee gewesen. Seit nunmehr drei Wochen arbeitete Janik hier im ‚Cosmopolitan' und machte bei Mesut den Haushalt, weshalb dieser auch der Meinung gewesen war, dass sich Janik einen Clubbesuch mehr als verdient habe. Er fand nicht den Mut, seinem Gastgeber zu erzählen, dass er sich in solchen Etablissements nicht wirklich wohl fühlte, weil er Mesut auf keinen Fall kränken oder verärgern wollte. Die letzten Wochen waren schliesslich die schönsten in Janiks Leben gewesen.

Seit genau dreiundzwanzig Tagen hatte er keine Schläge und Demütigungen mehr erfahren müssen und Mesut schien sehr zufrieden mit ihm zu sein, was er aus dessen positiven Äusserungen, ja sogar Komplimenten, herauszuhören glaubte. Mittlerweile fand sich Janik sogar damit ab, dass Robert ihn wohl doch nicht wieder zurückholen würde, aber er war zufrieden mit der jetzigen Situation. Mehr als das! Mittlerweile fühlte er sich geradezu glücklich, vor allem in Mesuts Gegenwart. Obwohl er wusste, dass dieser kein Interesse an ihm hatte, himmelte Janik ihn insgeheim an. Irgendwie schaffte es Mesut, ihm ein Gefühl der Sicherheit und Geborgenheit zu vermitteln, und das ohne dass dieser auch nur eine Spur von Dominanz demonstrieren musste. Zudem sah er unbeschreiblich gut aus, was durch die vielen bewundernden Blicke von Frauen und Männern, die Mesut auf sich zog, bewiesen wurde.

„Hey Süsser, darf ich dich später im Club zu einem Drink einladen?“, holte Boris ihn aus seinen Gedanken zurück, so dass er jetzt doch genötigt war, sich dem Kerl zuzuwenden.

„I...ich weiss noch nicht. I...ich gehe ja eigentlich mit Mesut hin“, versuchte er sich stotternd herauszureden.

„Du gibst mir also eine Abfuhr, bevor du mir eine Chance gegeben hast?“, sagte sein Gegenüber, schien aber nicht wirklich betroffen zu sein. „Aber einen Tanz, den lass ich mir nicht ausreden, okay?“

Hilfesuchend blickte sich Janik um, aber niemand war in der Nähe, der ihn aus dieser Situation retten konnte, weshalb er schliesslich mit einem Achselzucken antwortete. Boris schien damit zufrieden zu sein und ging zurück an den Tisch, wo seine russischen Freunde warteten, bis sich alle anderen eingefunden hatten. Die ganze Gruppe machte einen lockeren, entspannten und sorglosen Eindruck, wofür Janik sie alle ein wenig beneidete. Er fühlte sich stets etwas fehl am Platz.

Kurz vor Schichtende trudelte auch Mesut endlich ein und wurde von seinen Freunden mit einem grossen ‚Hallo' willkommen geheissen. Mit einem Winken begrüsste er auch Janik und setzte sich dann zu den anderen, bis Lukas, Federico und er abgelöst wurden und so die ganze Gruppe in Richtung Gayclub aufbrechen konnte.

Auf dem Weg dorthin liess sich Janik etwas zurückfallen, doch Mesut wartet bis er wieder aufgeschlossen hatte und nahm ihn entschieden an der Hand.

„Was ist denn? Du willst dich doch nicht einfach klammheimlich davonstehlen?", fragte Mesut lachend und drückte die Hand ganz leicht.

„N...nein, aber weisst du, s...so ein Clubbesuch ist nicht wirklich etwas f...für mich", erwiderte Janik stockend, nachdem er allen Mut zusammengenommen hatte. „I...ich weiss gar nicht, was ich dort soll."

„Na, was schon, Kleiner. Wir amüsieren uns einfach. Etwas trinken, ein bisschen tanzen und dann suchen wir uns etwas für den Darkroom", erklärte Mesut mit einem Augenzwinkern.

Etwas für den Darkroom suchen? Demnach erwartete Mesut von ihm, dass er sich von jemandem ficken liess. Mit dieser Erkenntnis sank Janiks Laune gleich noch mehr. Von Mesut selbst hätte er es sich vermutlich ganz gerne besorgen lassen, auch wenn er kaum Gefallen an dieser Praktik fand. Doch er hätte zumindest seinem Freund – denn als solchen sah Janik ihn mittlerweile an – eine Freude bereiten können. Aber von einem x-beliegen Mann gebumst zu werden hatte ihm noch nie grosses Vergnügen bereitet, auch wenn dies unter Roberts Herrschaft des Öfteren von ihm verlangt worden war.

Im Club steuerte die Gruppe geradewegs die hintere Bar an, wo Mesut für sie beide Getränke bestellte. Die Stimmung war ausgelassen und selbst Janik begann sich mit der Zeit zu entspannen. Er hatte sich in einer Ecke einen Platz gesucht, wo er sich etwas zurückziehen konnte, und beobachtete die anderen, wie sie sich unterhielten und lachten. Ab und zu ging der eine oder andere auf die Tanzfläche, aber Janik blieb nie allein zurück, weshalb er auch erst nach einiger Zeit merkte, dass Mesut sich schon des längeren auf der Tanzfläche mit einem Twink vergnügte, indem er sich aufreizend an diesem rieb, was der andere sehr gerne zu haben schien.

„Was ist jetzt mit unserem Tanz?“, fragte in diesem Moment Boris und folgte Janiks Blick zu Mesut. „Sieht so aus, als ob sich dein Freund für heute Nacht jemand anderen ausgesucht hat.“

„Er ist ein Freund, aber nicht mein Freund“, entgegnete Janik, konnte aber nicht verhindern, dass sich seine Stimme niedergeschlagen anhörte.

Boris packte unvermittelt sanft sein Kinn und zwang Janik somit ihn anzusehen.

„Mesut ist nicht verfügbar, aber ich bin es“, sagte der Russe.

Ja, offenbar hatte Mesut für heute bereits etwas für den Darkroom gefunden, sagte sich Janik, und Boris war nett und die ganze Zeit hier bei ihm geblieben. Weshalb sollte er dem Russen also nicht einen Freundschaftsdienst erweisen. Zudem hatte Mesut ja verlangt, dass er sich etwas für den Darkroom suchte.

„Willst du mich ficken?“, fragte Janik deshalb ohne Umschweife und erkannte ein überraschtes Aufblitzen in den Augen des anderen.

„Wenn du mich so direkt fragst, dann gebe ich das gerne zu. Ich bin seit dem ersten Augenblick schon scharf auf dich. Aber willst du nicht zuerst einmal mit mir tanzen?"

„Wozu? Ich weiss doch sowieso, worauf die ganze Sache hinausläuft, also können wir doch gleich in den Darkroom gehen."

Boris sah ihn einen Moment schweigend an und fragte dann: „Ich bin aber nicht wirklich dein Wunschkandidat, nicht wahr?"

„Beim Ficken gibt es für mich keinen Wunschkandidaten. Aber du bist nett und hast dich den ganzen Abend um mich bemüht, also wieso sollte ich dir nicht geben, worauf du Lust hast", erklärte Janik wahrheitsgemäss.

Er wollte ehrlich zu ihm sein, denn nichts anderes hatte der Russe verdient.

„Ich denke, damit muss ich mich wohl zufrieden geben", antwortete Boris etwas entmutig, lehnte sich aber dann zu Janik rüber, um ihm einen zarten Kuss auf die Lippen zu hauchen.

Es war nicht unangenehm, eigentlich ganz im Gegenteil, weshalb Janik ihm auch entgegenkam, als dieser den Kuss intensivierte. Als sich die starken Arme des Russen um seinen Körper schlangen, breitete sich sogar ein Gefühl der Geborgenheit in ihm aus. Es war so lange her, seit Janik das letzte Mal geküsst und umarmt worden war. Robert hatte weder von dem einen noch von dem anderen viel gehalten. Ficken? Ja, das jederzeit und in jeder Art und Weise, aber Zärtlichkeiten waren ihm zuwider gewesen.

Als sich Boris von Janik löste, liess sich dieser ohne Gegenwehr von ihm durch die Menge dirigieren und in den Darkroom führen. Nicht, weil er jetzt ebenfalls das Verlangen danach hatte sich von dem anderen nehmen zu lassen, sondern weil er dem Russen Dankbarkeit für den vorangegangen Moment der Zuneigung vermitteln wollte.

In einer freien Ecke zog ihn Boris erneut für einen Kuss in die Arme und liess gleichzeitig die Finger unter Janiks T-Shirt wandern, wo diese bald darauf seine Brustwarzen zu reizen begannen. Tatsächlich spürte er eine beginnende Erregung, die jedoch gleich wieder verflog, als der Russe ihn zur Wand umdrehte. Jetzt kam der unliebsame Teil.

Schnell öffnete Janik seine Hose und streifte sie mitsamt der Unterhose in die Kniekehlen. Zwei grosse Hände waren zu fühlen, die seine Hinterbacken kneteten und diese auseinanderzogen.

„Möchtest du eine Vorbereitung?“, hörte er Boris an seinem Ohr leise fragen, was er mit einem Kopfschütteln verneinte.

Wieso auch? Er war es gewohnt unmittelbar genommen zu werden, weshalb er auch jetzt die Zähne zusammenbiss und den unumgänglichen Schmerz erwartete, der auch gleich darauf einsetzte.

Als sich der Russe endlich in ihm versenkt hatte, griff dieser um ihn herum und packte Janiks schlaffen Schwanz, hielt aber sofort in den Bewegungen inne. Leise fluchend zog er sich wieder aus ihm zurück und packte Janik, um ihn zu sich umzudrehen.

„Du willst dich gar nicht von mir ficken lassen“, zischte er vorwurfsvoll.

„Ich habe mich doch gar nicht gewehrt“, verteidigte sich Janik, wusste aber ganz genau, wieso Boris so aufgebracht war. Auch Robert hatte es immer geärgert, dass er während des Fickens nicht erregt war.

„Nein, gewehrt hast du dich nicht, aber es macht dir ganz offensichtlich auch keinen Spass. Tut mir leid, aber für sowas bin ich mir zu schade. In der Regel mögen es die

Kerle, wenn ich es ihnen besorge."

Betreten sah Janik dem Russen zu, wie dieser seine Kleidung richtete und zog sich selbst auch wieder an.

„I...ich wollte dich w...wirklich nicht beleidigen", versuchte Janik einzulenken.

Der Gedanke, dass Boris auf ihn wütend war, schmerzte, vor allem weil dieser sich zuvor so viel Mühe gegeben hatte, ihn in Stimmung zu bringen.

„Lass gut sein, Süsser. Ich bin dir nicht böse deswegen, aber du solltest dir in Zukunft Gedanken darüber machen, ob du nicht viel zu schade für einen Gefälligkeitsfick bist. Ich finde das auf jeden Fall."

Mit diesen Worten beugte Boris sich noch einmal runter, hauchte ihm einen kurzen Kuss auf die Lippen und zog ihn dann aus dem Darkroom in Richtung Bar, wo er sich trotz des fehlgeschlagenen Ficks den Rest des Abends mit ihm unterhielt und ihn später sogar auf die Tanzfläche entführte.

***

Vor dem Club wartete Mesut mit Janik auf ein Taxi, dass er kurz zuvor per Handy geordert hatte. Nur unter grösster Anstrengung konnte er noch gerade stehen, missachtete aber rigoros den besorgten Blick des anderen und liess sich von diesem auch nicht stützen. Er hatte eindeutig zu viel getrunken, wofür er den Kerl neben sich verantwortlich machte.

Der Anblick von Boris und Janik, die engumschlungen an der Bar herummachten, hatte ihn einfach gestört, und als die beiden dann auch noch wenig später im Darkroom verschwanden, konnte er seine Wut kaum mehr bezähmen.

Die Tatsache, dass ihn das eigentlich gar nichts anging, hatte die ganze Sache für Mesut nicht einfacher gemacht, so dass er schliesslich an der Bar endete und sich ins Elend soff. Wieso er so empfand und reagierte konnte er auch nicht erklären, Fakt aber war, dass er den beiden den Fick einfach nicht gönnte. Obwohl Boris ein netter Kerl war, brachte allein schon der Gedanke, dass der Russe seine Hände auf Janiks Körper gelegt hatte, Mesut in Rage.

Als das Taxi endlich kam, stiegen sie schweigend ein und redeten den ganzen Weg kein einziges Wort. Zuhause angekommen konnte sich Mesut nicht länger zurückhalten und fragte bereits im Flur: „Na, war es ein schöner Abend für dich?“

„Ja danke, ich habe ihn sehr genossen“, antwortete Janik und zog dabei Schuhe und Jacke aus, ganz so als ob nichts gewesen wäre, was Mesuts Wut nur noch mehr anstachelte.

„Wer hätte das gedacht? Kaum zu glauben, dass du ursprünglich gar nicht in den Club wolltest, nicht wahr?“ Er konnte und wollte nicht verhindern, dass sein Ton abfällig klang.

„H...habe i...ich etwas falsch gemacht?“, fragte Janik plötzlich alarmiert.

„Aber nein. Nach dem zufriedenen Gesichtsausdruck von Boris zu urteilen hast du im Darkroom alles richtig gemacht“, antwortete Mesut höhnisch.

Janik blickte daraufhin betreten zu Boden und machte so den Anschein, als ob er darauf nichts zu sagen hatte, doch schliesslich hob er den Kopf und erwiderte: „Du wolltest doch, dass wir uns etwas zum Ficken suchen.“

„Also jetzt wird's aber immer besser. Demnach bin ich dafür verantwortlich, dass Boris' Schwanz den Weg in deinen Arsch gefunden hat? Nein-nein, mein Lieber, ich habe sehr wohl beobachten können, wie du ihm bereits an der Bar um den Hals gefallen bist und deine Zunge ist wohl kaum durch einen Unfall in seinen Mund geraten."

Mesut hörte selbst, wie seine Stimme immer lauter wurde und spürte, dass er die Hände vor Wut zu Fäusten geballt hatte. Er stand kurz vorm Platzen, wusste jedoch insgeheim, dass er Janik hier und jetzt mehr als unrecht tat, weshalb er sich ohne ein weiteres Wort an ihm vorbeidrängte und nach oben in sein Zimmer wankte, wo er sich ächzend quer über das Bett fallen liess und wenig später weggetreten war.

Am nächsten Tag wachte Mesut gegen Mittag mit schwerem Kopf auf. Er war immer noch angezogen und lag noch genauso auf dem Bett, wie er in der Nacht eingeschlafen war, nur dass irgendetwas laut hinter seiner Stirn pochte, was eindeutig dem Alkohol zuzuschreiben war.

Schwerfällig wankte er ins Bad, wo er erst einmal zwei Schmerztabletten einnahm, und setzte sich dann auf den Klodeckel um abzuwarten, bis sich das Pochen endlich etwas verflüchtigte. Nur Vollidioten tranken im Alter von dreiunddreissig Jahren noch so viel Alkohol und er gehörte eindeutig zu ihnen.

Endlich wirkte das Medikament, so dass er eine Dusche nehmen und wenig später in der Küche einen Kaffee trinken konnte. Mehr wollte er seinem Magen im Moment noch nicht zumuten.

Nichts deutete darauf hin, dass Janik bereits auf war. Beinahe sofort nach dem Aufstehen war Mesut die unschöne Szene eingefallen, die er am Abend zuvor geboten hatte und für die er sich heute Morgen auch schämte. Es war vollkommen klar, dass er sich entschuldigen musste.

Als eine Stunde später immer noch kein Janik erschienen war, entschloss sich Mesut in dessen Zimmer zu gehen und nach dem anderen zu sehen.

Im Gästezimmer waren die Vorhänge immer noch zugezogen, doch das Tageslicht erhellte trotz der Verdunkelung den Raum genug, sodass Mesut den schmächtigen Körper unter der Decke erkennen konnte. Als er näher ans Bett trat, erkannte er, dass Janik mit offenen Augen in eine Ecke stierte. Dieses Bild erinnerte ihn an die Situation, die er in Roberts Keller vorgefunden hatte und versetzte Mesut einen schmerzhaften Stich.

„Hey Janik, willst du nicht aufstehen?“, fragte Mesut, ging gleichzeitig zum Fenster, um die Vorhänge aufzuziehen, und konnte jetzt beim näheren Betrachten erkennen, dass auf Janiks Wangen verräterische Spuren von getrockneten Tränen zu sehen waren.

Er musste sich nicht fragen, weshalb der andere geweint hatte, dennoch war es schwer die richtigen Worte zu finden.

„Es tut mir leid“, sagte er leise und setzte sich auf die Bettkante, um mit einer Hand über Janiks Haar zu streichen. „Ich war besoffen und habe Dinge gesagt, die ich gar nicht so gemeint habe.“

Langsam drehte sich Janik auf den Rücken und blickte traurig zu Mesut hoch.

„Ich dachte wirklich, du wolltest das so.“

„Es geht doch gar nicht darum, was ich will, sondern was du willst. Wenn es dir gefallen hat, dann ist es doch okay. Zudem ist Boris ein netter Kerl.“

Den Russen so anzupreisen war nicht leicht für Mesut, aber er wollte fair bleiben und Janik mit diesen Worten vermitteln, dass dieser ihm keine Rechenschaft schuldig war.

„Ja, Boris ist sehr nett, auch wenn er nicht auf seine Kosten gekommen ist."

„Wie meinst du das denn?", fragte Mesut verwirrt.

„Es hat mir nicht gefallen, was er auch bemerkte und danach die ganze Sache im Darkroom abgebrochen hat."

„Aha", antwortete er wenig geistreich und musste erkennen, dass es ihn ungemein erleichterte, dass Boris nicht zum Zuge gekommen war. „Dann tut es mir erst recht leid, dass ich dir so eine Szene gemacht habe. Ich hatte wirklich den Eindruck, dass ihr euch einig seid, als ich euch knutschend an der Bar gesehen habe."

„Ja, einig waren wir uns schon, aber Boris mag keinen Kerl ficken, der keinen Spass daran hat."

„Was soll denn das wieder bedeuten?"

„Ich kann dem Ficken nun mal nichts abgewinnen", antwortete Janik leise, wobei er den Kopf wieder abwandte.

„Du meinst, du magst Analsex gar nicht?", fragte Mesut zweifelnd.

„Auch wenn ich ein Sklave bin, heisst das ja noch lange nicht, dass ich die Schmerzen beim Ficken toll finde. Ich ertrage es, aber geniessen tue ich es ganz bestimmt nicht. Ich hätte mir deshalb auch niemals selbst einen Fickpartner gesucht, wenn du nicht gesagt hättest, dass wir uns etwas für den Darkroom suchen sollen."

„Aber all die Jahre mit Robert. Wie konntest du mit ihm diese lange Zeit zusammen sein, wenn es dir keinen Spass gemacht hat, oder hattet ihr etwa gar keinen Sex?"

„Natürlich hatten wir Sex und das nicht zu wenig, aber es war ja nicht zwingend nötig, dass es mir gefallen musste." Damit drehte sich Janik wieder auf die Seite und starrte erneut die Wand an.

Mesut konnte das Gehörte beinahe nicht verarbeiten. Natürlich hatte er auch schon Männer kennengelernt, die Analsex nichts abgewinnen konnten, weshalb diese auch die Finger davon liessen. Janik hatte aber all die Jahre diese Praktik über sich ergehen lassen, obwohl es ihm zuwider war. Hatte Robert das überhaupt gewusst?

Ohne weiter nachzudenken legte er sich hinter den beinahe zierlichen Körper und zog diesen an den seinen. Mesut hatte irgendwie das Bedürfnis Janik zu trösten, der zwar im ersten Moment in der Umarmung ganz steif wurde, sich dann aber doch langsam entspannte.

„Hat Robert gewusst, dass du es nicht magst?", fragte er nach einiger Zeit, in der sie einfach nur dagelegen hatten.

„Er war der Meinung, dass würde sich mit der Zeit geben. Als dies nicht der Fall war wurde klar, dass ich mir einfach nicht genug Mühe gebe."

Diese Aussage machte Mesut erneut sprachlos. Robert hatte Janik all die Jahre im Glauben gelassen, dass dieser selbst schuld daran war, dass ihm der Analverkehr nicht gefiel und sich regelmässig an dessen Körper vergriffen, was – wenn man es genau betrachtete – einer Nötigung gleichkam, auch wenn sich Janik nicht gewehrt zu haben schien.

„Gefällt es dir überhaupt von einem anderen angefasst zu werden oder ist es lediglich das Ficken, das du nicht magst?", fragte er nach einer Weile des Schweigens.

Ein Achselzucken war alles, was Mesut als Antwort erhielt.

„Was denn nun? Magst du es oder nicht?"

„Ich denke, ich mag Küsse und Umarmungen", hörte er Janik leise sagen.

„Aha. Und wie sieht es mit Handjob und Blowjob aus?"

Wieder erntete er lediglich ein Achselzucken.

„Herrgott nochmal, jetzt lass dir doch nicht alles aus der Nase herausziehen."

„Ich bin nicht sehr oft in den Genuss davon gekommen, ich kann es also nicht genau sagen", erklärte Janik, nachdem er aufgrund Mesuts harschem Tonfall zuerst etwas zusammengezuckt war.

„Gab es einen anderen Kerl vor Robert?"

Es war Mesut klar, dass all diese Fragen sehr intim waren, aber jetzt wollte er die ganze Tragweite dieses M/S-Dramas hier erfahren. Wenn Robert der erste Mann für Janik gewesen war – und danach sah es leider aus – hatte dieser nie eine Chance gehabt zu erfahren, wie schön und befriedigend Sex zwischen zwei Männern sein konnte, denn Robert schien es verdammt egal gewesen zu sein, was Janik dabei empfand.

„Vor Robert nicht, mit ihm viele", hörte er die leise ausgesprochene Antwort.

Mit einem Ruck drehte Mesut Janik um und blickte diesen betroffen an.

„Was soll denn ‚mit ihm viele' heissen?"

„Es gibt einige Masters, die ihre Sklaven unter einander austauschen. Und weil ich Robert nicht ganz befriedigen konnte, hat er sich öfters von einem anderen Master dessen Sklaven ausgeliehen. Im Tausch mit mir natürlich. Aber auch dort hat mir das Ficken nicht besonders gefallen."

Mesut war nahe daran sich übergeben zu müssen. Dieses Arschloch Robert hatte nichts anderes getan, als Janik wie ein seelenloses Fickstück umher zu reichen und sich keinerlei Gedanken darüber gemacht, wie dieser sich dabei fühlte und was er ihm damit antat.

„Ich denke, wir sollten jetzt etwas frühstücken“, sagte Mesut und löste sich von Janik um aufzustehen.

Er musste das Gehörte erst einmal verarbeiten und brauchte Zeit dafür. So konnte er Janik nicht weiter durchs Leben gehen lassen und wollte das auch gar nicht, aber im Moment sah er sich ausserstande weiter über dieses Thema zu reden, weil er spürte, wie sich Wut in ihm ausbreitete. Nicht Wut über Janik, sondern über Robert und dessen Taten.

„Geh duschen, ich mach uns in der Zwischenzeit Kaffee, okay?“

Ohne eine Antwort abzuwarten verliess er das Zimmer und ging nach unten in die Küche.

Eindringlich blickte Mesut sein Gegenüber an und suchte nach den richtigen Worten, um das Gespräch wieder aufzunehmen. Sie hatten schweigend gefrühstückt, beide in den eigenen Gedanken versunken. Jetzt hielt er es für an der Zeit noch einmal über alles zu sprechen.

„Janik? Wo hast du eigentlich Robert kennengelernt?“

„In einem Café.“

„Geht das auch etwas genauer?“, fragte er genervt, weil ihn die Einsilbigkeit des anderen bereits schon wieder nervte.

„Ich war erst ein paar Tage in der Stadt und habe in einer Zeitung die Jobangebote studiert. Er hat sich einfach zu mir gesetzt und mich angesprochen.“

„Wieso bist du überhaupt hierher gezogen?“

„Meine Eltern waren der Meinung, dass es besser wäre, wenn ich aus unserem Dorf wegziehe. Das Gerücht über meine angebliche Homosexualität hatte sich wie ein Lauffeuer verbreitet, so dass mein Vater um sein Ansehen fürchten musste. Also hat er mir ein kleines Startkapital in die Hand gedrückt und mich aufgefordert, zu gehen", erklärte Janik scheinbar emotionslos, doch ein leichtes Zittern seiner Finger wies auf das Gegenteil hin.

„Hast du noch Kontakt mit ihnen?"

„Nein. Ich habe anfangs versucht regelmässig zu telefonieren, aber irgendwann baten sie mich auch davon abzusehen, also habe ich es gelassen. Robert war ebenfalls der Meinung, dass ich keine weiteren Versuche starten sollte."

Natürlich war Robert dieser Meinung gewesen, denn so hatte er völlige Kontrolle über Janik, der somit keinen Ort mehr hatte, wo er hinkonnte?

„Und mit Robert bist du gleich zusammengekommen? Ich meine, hat er dir von Anfang an erklärt, dass er auf der Suche nach einem Sklaven ist?"

Janik blickte auf, sah aber Mesut nicht wirklich an, sondern schien eher ganz weit weg zu sein.

„Ich denke er hat sofort gemerkt, dass ich es mag, wenn jemand mir sagt was ich zu tun habe. Er hat mich nicht gezwungen sein Sklave zu sein."

„Aber all die Gewalt? Du kannst mir doch nicht erzählen, dass du das genossen hast, verdammt nochmal", entrüstete sich Mesut und hörte selbst, dass seine Stimme wieder lauter geworden war.

„Anfangs hat er mich ja auch gar nicht geschlagen, er hat mir genug Zeit gelassen, mich in meiner Rolle einzufinden. Aber ich hab dir ja schon einmal gesagt, dass ich etwas langsam bin, weshalb er irgendwann halt etwas nachdrücklicher vorgehen musste, um mir das nötige Wissen beizubringen."

„Du hörst sofort auf diesen Drecksack zu entschuldigen", rief Mesut aus und schlug gleichzeitig mit der flachen Hand auf den Tisch, was Janik erschrocken zusammenzucken liess. „Wie kommst du dazu Robert und sein Handeln zu rechtfertigen? All die Schläge und die sexuelle Gewalt waren nicht in Ordnung, denn du hast das ja wohl nicht wirklich genossen."

„I…ich habe m…mich aber auch nicht dagegen gewehrt, bestimmt hätte er dann aufgehört."

„Nein, das hätte er nicht. Er hätte dich einfach schon viel früher fallenlassen und sich sein nächstes Opfer gesucht, dem er ebenfalls weissgemacht hätte, dass alles nur zu dessen Wohle sei."

„Mag sein, dass es zum Ende etwas ausartete", lenkte Janik leise ein.

„Zum Ende? Ich will dir mal was sagen, mein Lieber, ich habe mit Lukas gesprochen. Wie du ja weisst, kennt er dich aus der Szene, aber Lukas ist bereits seit über drei Jahren da raus, was also bedeutet, dass Robert schon ganz zu Anfang mit seinen Demütigungen und Gewalttätigkeiten angefangen hat."

Mesuts Worte schienen in der darauffolgenden Stille noch nachzuhallen, verfehlten ihr Ziel jedoch nicht, denn in Janiks Blick tauchte plötzlich Erkenntnis auf, die kurz darauf von Schmerz abgelöst wurde.

„Er hat mich nie geliebt, nicht wahr?" Die Frage war weniger an Mesut gerichtet sondern mehr an sich selbst.

„Ganz sicher nicht. Das einzige, was Robert geliebt hat, war die Vorstellung einen anderen zu unterdrücken."

Erneut breitete sich eine bedrückende Stille aus. In Janiks Augen begannen sich Tränen zu sammeln, die langsam ihren Weg über dessen Wangen fanden. Kein Geräusch verliess dessen Kehle, bestimmt hatte jahrelanges Training diesen gelehrt, lautlos sein Leid zu ertragen.

„Komm her“, forderte Mesut sein Gegenüber auf und schob den Stuhl zurück, damit er Janik, als dieser bei ihm ankam, auf seinen Schoss ziehen und ihn tröstend umarmen konnte.

„Wir schaffen das schon, Kleiner. Ich werde dir dabei helfen, selbst für dich zu sorgen, damit du nie mehr von einem anderen abhängig bist.“

„A...aber i...ich mag es doch, wenn man mir sagt was ich tun soll“, schniefte Janik, wobei sein ganzer Körper vor unterdrücktem Schluchzen bebte.

„Dann werde ich dir eben jetzt befehlen, dir endlich Gedanken darüber zu machen, was du wirklich magst und was du willst, okay?“

Mit einem Nicken lehnte sich der andere an Mesuts Körper und weinte noch einige Zeit leise vor sich hin, bis er sich schliesslich erhob und wortlos begann, das Frühstücksgeschirr wegzuräumen. Mesut hinderte ihn nicht daran, denn nach der steilen Falte zwischen den Brauen zu urteilen, war Janik gerade dabei sich über einiges im Klaren zu werden.

***

Das Gespräch mit Mesut hatte Janik die Augen über vielerlei Dinge geöffnet. Er hatte sich die Beziehung zu Robert immer schöngeredet, obwohl er sich insgeheim bewusst gewesen war, dass Liebe anders aussehen musste. Trotzdem hatte er einfach nicht den Mut gefunden, sich von seinem Meister zu lösen, denn Fakt war nun einmal, dass er tatsächlich eine devote Ader in sich trug, gegen die er nicht ankam. Hinzu kam, dass er bis heute nicht wirklich wusste, welche Bedürfnisse er selbst hatte, und das sowohl in alltäglichen wie auch in sexuellen Dingen.

Was den Alltag anbetraf hatte Janik schon einige Schritte vorwärts gemacht, denn sein Job im ‚Cosmopolitan‘ gefiel ihm ausnehmend gut und auch das Kochen für Mesut erfüllten ihn mit Zufriedenheit. Einzig in sexueller Hinsicht musste er sich noch im Klaren werden was er mochte. Tatsache war, dass er ausschliesslich dem männlichen Geschlecht zugetan war, den damit verbundenen Sex jedoch stets als notwendiges Übel angesehen hatte. Die zärtlichen Berührungen von Boris aber hatten ihm gezeigt, dass es da auch durchaus etwas gab, was ihm gefallen könnte, weshalb er sich jetzt entschlossen auf den Weg machte, um Mesut in dessen Büro aufzusuchen.

„Mesut, ich habe nachgedacht und…“, begann er, verlor dann aber doch den Mut um weiterzusprechen.

„Und?“, fragte ihn der andere und blickte ihn auffordernd an.

„Ich möchte herausfinden was ich mag, aber ich brauche jemanden, der mir dabei hilft“, versuchte er zu erklären und hoffte, dass Mesut von selbst darauf kam, was er meinte. Dessen fragender Blick schien aber nicht darauf hinzuweisen.

„Willst du mit mir Sex haben?“, fragte er deshalb unumwunden, erntete aber erst einmal nur ein Räuspern des anderen, weshalb er weitersprach: „Du bist der einzige, den ich darum bitten kann. Vielleicht auch noch Boris, aber den kenne ich noch nicht so gut.“

„Lass Boris da aus dem Spiel“, entgegnete sein Gegenüber schnell, so dass fast der Eindruck entstand, dass ihm dieser Gedanke zuwider wäre. „Wie stellst du dir das denn vor?“

„I...ich w...würde erst einmal gerne einen Kuss versuchen“, antwortete Janik und merkte jetzt, wie seine Wangen heiss wurden.

„Okay“, erwiderte Mesut und kam nach kurzem Zögern zu ihm hinüber, griff sich seine Handgelenke und legte sich Janiks Arme auf die Schultern, um ihn gleich darauf fest an seinen starken Körper zu ziehen.

Langsam kam Mesuts Gesicht immer näher, bis sich schliesslich dessen Lippen leicht auf Janiks Mund legten, wo eine vorwitzige Zunge begann um Einlass zu bitten, was ihr schliesslich auch gewährt wurde.

Janik hatte sich wirklich vorgenommen, sich ausschliesslich auf das Gefühl des Kusses zu konzentrieren, um analysieren zu können, was er daran mochte, doch dieser hier war ganz anders als jener mit Boris. Beinahe sofort schien sein Körper von Hitze überflutet zu werden und das Herz begann in rasendem Tempo zu pochen, so dass er unbewusst ein leises Stöhnen ausstiess.

Als Mesut den Kuss intensivierte, drängte Janik instinktiv den Körper an den des anderen und rieb seinen Unterleib daran, was diesen ebenfalls ein unartikulierter Laut ausstossen liess. Kraftvoll wurde Janiks Hinterteil gepackt und leicht angehoben, woraufhin seine Erektion an der von Mesut zu liegen kam, von welcher ebenfalls eine unglaubliche Hitze auszugehen schien.

Nach einer scheinbar endlosen Zeit löste sich Mesut von ihm und schob ihn etwas von sich.

„Küssen scheinst du eindeutig zu mögen“, sagte dieser atemlos und strich mit den Fingern ganz leicht über die pralle Erhebung in Janiks Schritt.

„Mhm“, antwortete Janik und legte den Kopf an die breite Brust des anderen. Er war im Moment nicht fähig ein Wort zu bilden und wollte auch die Umarmung noch nicht unterbrechen.

„Mehr davon?“, hörte er Mesut fragen.

„Hat es dir denn gefallen? Und möchtest du denn überhaupt mehr davon?“, fragte Janik etwas unsicher.

„Oh Mann, Kleiner. Wonach fühlt sich das denn deiner Meinung nach an?“ Bei diesen Worten drückte Mesut den Unterleib an Janiks, wo klar dessen Erektion zu fühlen war. „Wenn du aber wirklich weitergehen möchtest, dann wäre ich froh, wenn wir das Zimmer wechseln könnten. Ein Bett ist eindeutig bequemer.“

Mit einem Nicken gab Janik sein Einverständnis und liess sich wenig später von Mesut ins Schlafzimmer führen, wo dieser vor dem Bett stehen blieb und ihn erneut in einen heissen Kuss verwickelte. Hatte ein Kuss je solche Gefühle in Janik ausgelöst? Er konnte sich nicht daran erinnern, war aber auch nicht zu einem klaren Gedanken fähig.

„Also, womit soll es weitergehen?“, raunte ihm Mesut ins Ohr.

„Küssen“, sagte er leise und hob dem anderen das Gesicht entgegen.

„Das gehört selbstverständlich dazu“, sagte Mesut glucksend und hauchte ihm einen zarten Kuss auf die Lippen. „Wie wäre es mit einem Blowjob?“

„Ja, sicher“, entgegnete Janik sofort und begann, dem Grossen die Hose zu öffnen.

Er würde sich viel Mühe damit geben. Robert hatte stets gesagt, dass Janik ein guter Bläser war und wenn er dafür von Mesut noch weitere dieser berauschenden Küsse erhalten würde...

Zwei Hände packten abrupt die seinen und hielten ihn davon ab, die Hose runterzuziehen, weshalb er fragend nach oben blickte.

„Ich will nicht, dass du mir einen bläst, sondern ich möchte dir einen blasen", erklärte Mesut und begann dabei bereits Janik das T-Shirt über den Kopf zu ziehen, was er willenlos über sich ergehen liess.

Er war viel zu perplex, um sich dagegen zu sträuben. Hinzu kam, dass ihn der Gedanke, dass dieser grosse, schöne Mann in Kürze seinen Schwanz in den Mund nehmen würde, masslos erregte.

Mit kundigen Händen wurde Janik innerhalb kürzester Zeit von den Kleidern befreit, so dass er bald völlig nackt auf dem Bett lag. Gleich darauf gesellte sich auch Mesut - ebenfalls entkleidet – zu ihm und schien mit einem glühenden Blick seinen Körper verschlingen zu wollen.

Wieder trafen sich ihre Lippen zu einem leidenschaftlichen Kuss, der ihm beinahe den Verstand raubte. Schwer atmend wurde er aus der Vereinigung ihrer Zungen entlassen, und Mesuts Lippen und Zunge nahmen nun den Weg über Hals und Brust auf, wobei sie einen Halt an den Nippeln machten, um diese zu reizen bis Janik stöhnend den Rücken durchbog, um mehr davon zu erhalten.

Schliesslich spürte er, wie eine nasse Spur vorbei am Bauchnabel zu seinem prallerigierten Glied gezogen wurde. Mesuts Lippen umschlossen die tropfende Spitze und gleich darauf sog er beinahe den ganzen Schwanz in die heisse Mundhöhle. Die Zunge begann ein aufreizendes

Spiel und schien so jede kleinste Beschaffenheit der Härte erkunden zu wollen, während der Mund mit rhythmischen Auf- und Abbewegungen eine verstörende Massage vollbrachte, die Janik sich vom Hier und Jetzt verabschieden und laut stöhnend zwischen Mesuts Lippen kommen liess.

Nur langsam verschwand der Nebel in seinem Kopf und Janik konnte endlich die Hände, die er zuvor haltsuchend in das Laken gekrallt hatte, lösen, während Mesut zu ihm nach oben rutschte, um ihn zu umschlingen. Der Halt und die Geborgenheit, die der andere ihm nun bot, waren genauso überwältigend wie der Orgasmus, den er so noch nie erlebt hatte.

„Du siehst unglaublich schön aus, wenn du kommst“, raunte ihm Mesut leise zu und hauchte liebevolle Küsse auf sein Gesicht, so dass Janik nur schwerlich gegen ein Aufschluchzen ankämpfen konnte. Niemals hatte jemand so etwas Schönes zu ihm gesagt, geschweige denn ihn so liebevoll behandelt.

Erst nach einer Weile wurde ihm bewusst, dass Mesuts Härte immer noch voll erigiert in seine Seite stiess.

„Soll ich dir auch einen blasen?“, fragte Janik etwas verlegen.

„Nein, lass nur. Ich werde mich selbst darum kümmern.“

„Magst du keine Blowjobs oder willst du einfach keinen von mir?“ Er konnte nicht verhindern, dass Verunsicherung aus seiner Stimme herauszuhören war.

„Gott, Süsser, weder noch. Aber hier geht es um dich und nicht um mich, verstehst du das?“

Ja, er verstand! Er begriff, dass dieser tolle Mann hier ihm völlig selbstlos ein Geschenk gemacht hatte, und jetzt hatte er das Bedürfnis sich dafür zu revanchieren, weshalb er sich von Mesut löste und an ihm nach unten glitt, um sich zwischen dessen Beine zu positionieren.

„Ich weiss, was du meinst, aber ich möchte es wirklich tun", sagte er ernst und erntete dafür ein fast schon liebevolles Lächeln von dem anderen.

Zärtlich ergriff er Mesuts Schwanz an der Wurzel und strich ein paarmal auf und ab, was diesem bereits ein wohliges Stöhnen entlockte. Die ersten Lusttropfen quollen aus der kleinen Öffnung an der Eichel und schienen Janik magisch anzulocken, so dass er die Zunge in den Schlitz presste und davon kostete.

Schon oft hatte er andere Männer auf diese Weise verwöhnt, doch nie hatte er den Geschmack oder Geruch so intensiv und berauschend empfunden, weshalb er nur zu gerne die ganze Härte von Mesut aufnahm und diesen nach allen Regeln der Blaskunst - die er sich in den vergangenen Jahren angeeignet hatte - zu verwöhnen begann. Nie war das Seufzen oder Stöhnen eines Mannes, den es zu bedienen galt, so befriedigend – und auch beglückend – für Janik gewesen, wie die Laute, die Mesut ihm nun schenkte.

Mit einem leisen Aufschrei entliess der andere schliesslich sein Sperma in Janiks Mund, der willig alles bis auf den letzten Tropfen aufnahm und schluckte und sich dabei tatsächlich beschenkt fühlte.

Nachdem Mesut von seinem Höhenflug zurückgekehrt war, zog er Janik zu sich hoch in seine starken Arme und küsste ihn noch einmal verzehrend, bevor sie beide müde und befriedigt in den Schlaf hinüberglitten.

***

„Was ist denn los?“, fragte Mesut seinen Mitbewohner, der hektisch herumrannte.

„I…ich muss los, sonst komme ich zu spät zur Arbeit, aber ich habe die Küche noch nicht gemacht“, antwortete Janik und blickte ihn ängstlich an.

Obwohl sie nun bald zwei Monate zusammenlebten, hatte Janik immer noch nicht gelernt, dass Mesut ihn niemals massregeln würde, nur weil etwas nicht erledigt war.

„Das ist doch kein Problem, ich werde die Küche aufräumen, okay?“, sagte er lächelnd und strich dem anderen zärtlich über die Wange.

„Aber das ist doch meine Aufgabe.“

„Und ich wohne ebenfalls hier und mache genauso viel Unordnung. Wir sind ein Team, schon vergessen? Ausserdem kannst du nicht wirklich etwas dafür, dass du zu spät dran bist“, sagte er, zuckte mit den Augenbrauen und hauchte Janik einen kleinen Kuss auf die Lippen.

Tatsächlich war es eher Mesuts schuld gewesen, weil er die Finger wieder einmal nicht von Janik lassen konnte und sie sich nach dem Aufwachen in ihrer Leidenschaft vergessen hatten.

Er drehte den anderen um und brachte ihn zur Haustür, die er öffnete und Janik einen Klaps auf den Po gab.

„Geh jetzt, Süsser, und mach dir keine Gedanken darüber. Wir sehen uns heute Abend.“

Mit einem glücklichen Lächeln verliess Janik das Haus, drehte sich aber auf dem Gehsteig noch einmal um und winkte zum Abschied.

Obwohl sein Mitbewohner bald nicht mehr zu sehen war, blieb Mesut noch einen Moment gedankenverloren an der offenen Tür stehen. Die letzten Wochen waren so verdammt schnell vergangen und doch schien es ihm, als ob sich Janik erst gestern vertrauensvoll in sein Bett gelegt hatte, um mehr über seine eigenen sexuellen Wünsche zu erfahren. Seither hatte dieser keine einzige Nacht mehr im Gästezimmer verbracht, ausser vielleicht um seine Kleidung dort zu wechseln.

Das Unglaublichste an der ganzen Sache war, dass Mesut ihn weder aus seinem Bett noch aus seinem Leben weg haben wollte. Er genoss die Zeit genauso wie den heissen Sex mit Janik, auch wenn sie bis heute einen grossen Bogen um Analsex gemacht hatten. Natürlich wäre es gelogen, wenn Mesut nicht zugeben würde, dass er sich danach sehnte, sich in dem zierlich anmutenden Körper zu versenken, aber all die anderen Praktiken, zu denen Janik mittlerweile bereit war und diese auch zu geniessen schien, befriedigten Mesut zur Genüge. Hinzu kam, dass es sich einfach unbeschreiblich anfühlte, am Morgen neben diesem anschmiegsamen Kerl aufzuwachen.

Als es eine Stunde später an der Haustür klingelte und Mesut aufmachte, stockte ihm für einen Moment der Atem. Vor ihm stand niemand anderer als Robert.

„Was willst du?“, fragte er seinen ehemaligen Freund unwirsch.

„Hey, nicht so unfreundlich, mein Lieber. Du hast dich in letzter Zeit ziemlich rar gemacht. Ich wollte einfach mal vorbeikommen“, antwortete Robert in scheinbar unbekümmertem Ton.

„Unser letztes Zusammentreffen war ja auch nicht gerade sehr angenehm, nicht wahr?“

„Na ja, aber das ist doch jetzt schon eine Weile her. Willst du mich nicht hereinlassen?“

Der erste Instinkt war, die Tür gleich wieder vor Roberts Nase zuzuknallen, doch dann überlegte Mesut es sich doch noch einmal anders. Das plötzliche Auftauchen von Janiks Master liess bei ihm alle Alarmglocken läuten, weshalb er entschied sich erst einmal anzuhören, was Robert wollte. Er glaubte keinen Augenblick daran, dass dieser seinetwegen hier war. Es ging hier ganz klar um Janik.

„Du kennst ja den Weg“, antwortete er deshalb und liess den anderen herein.

Im Wohnzimmer setzte sich Robert unaufgefordert aufs Sofa und blickte sich angeblich interessiert um, bis er schliesslich fragte: „Wo ist denn der kleine Janik? Wohnt er noch bei dir?“

„Ich wüsste nicht, was dich das anginge. Hast du etwa schon vergessen, dass du ihn zum Teufel geschickt hast?“

„In meiner Erinnerung habe ich ihn in deine Hände gegeben. Du willst dich doch nicht mit dem Teufel vergleichen, oder etwa doch?“, erwiderte Robert grinsend und blickte Mesut herausfordernd an.

„In die Hände gegeben? Aha. Wenn ich mich nicht täusche, habe ich ihn aus dem Kellerloch geholt, in dem du ihn drei Tage lang hast dahinvegetieren lassen.“

Es kostete ihn alle Kraft seine Wut unter Kontrolle zu halten. Das schmierige Gehabe seines Freundes provozierte ihn und er fragte sich nicht zum ersten Mal, wieso er diesen all die Jahre nur so falsch eingeschätzt hatte.

„Ach, komm schon. Sowas macht man nun einmal in unseren Kreisen, das weiss der Kleine auch ganz genau. Aber jetzt will ich ihn wieder zurückholen und deshalb bin ich hier.“

„Du glaubst doch nicht ernsthaft, dass ich Janik zu dir zurückkehren lasse?“

„Ich denke nicht, dass wir dich um Erlaubnis fragen müssen. Das ist eine Sache zwischen mir und dem Kleinen. Also sag mir jetzt endlich, wo ich ihn finde“, sagte Robert nun etwas schärfer und durchaus drohend. Anscheinend war auch er nicht mehr ganz so gelassen, wie er es Mesut zuvor noch hatte glauben lassen.

„Was ist denn mit deinem neuen Sklaven?“

„Der Gute kommt einfach nicht an Janik ran, ich hab ihn fortgeschickt. Du weisst ja wie das ist: Man merkt oft erst was man hatte, wenn es nicht mehr da ist. Janik ist ein begnadeter Bläser, da kommt so schnell kein anderer ran, zudem lässt er sich einfach gut ficken.“

Die abwertende Beschreibung von Janik liess Mesuts Wut hochkochen. Mit ein paar Schritten war er bei Robert, packte ihn am Kragen und zerrte ihn mehr als unsanft hinter sich her zur Haustür.

„Verschwinde von hier, du Drecksack, und lass dich nie mehr blicken. Und falls du dich Janik auch nur näherst, dann kommst du das nächste Mal nicht mehr so glimpflich davon, haben wir uns verstanden?“, schrie er und stiess den anderen durch die geöffnete Tür hinaus.

„Du hast mir gar nichts vorzuschreiben, schliesslich geht dass alles…“

Mehr konnte Mesut nicht mehr verstehen, weil er Robert die Haustür krachend vor der Nase zuwarf.

Keuchend lehnte er sich gegen die Wand und schloss die Augen, um sich wieder zu beruhigen. Er war kurz davor gewesen Robert die Abreibung seines Lebens zu verpassen, aber jetzt galt es erst einmal zu überlegen, wie es weitergehen sollte. Es wäre reines Wunschdenken zu hoffen, dass Robert so einfach aufgeben würde, dennoch fragte sich Mesut ernsthaft ob es nicht besser wäre, Janik nichts über den Besuch seines ehemaligen Masters zu erzählen. Nur damit sich dieser nicht unnötig aufregen oder ängstigen brauchte, wollte sich Mesut selbst einreden, aber insgeheim wusste er, dass sein Beweggrund ein anderer war. Er hatte schlicht und einfach Angst, dass sich Janik für Robert und somit gegen ihn entscheiden und von heute auf morgen aus seinem Leben verschwinden würde. Letztendlich galt es nur noch eine Frage zu beantworten: Wieso setzte ihm die Möglichkeit, dass Janik ihn verlassen könnte, so zu? Die Antwort lag klar auf der Hand: Er hatte sich in Janik verliebt und konnte oder wollte sich ein Leben ohne ihn gar nicht mehr vorstellen!

***

„Ich geh noch ein bisschen trainieren“, sagte Mesut als sie mit dem Abendessen fertig waren, was Janik nur mit einem kurzen Nicken quittierte.

Während er sich daran machte die Küche aufzuräumen, konnte Janik nicht verhindern, dass sich ein ungutes Gefühl in ihm breitmachte. Was war heute bloss mit Mesut los? Er hatte immer wieder versucht eine Unterhaltung in Gang zu bringen, trotzdem breitete sich ein beklemmendes Schweigen zwischen ihnen aus. Der sonst so lebensfrohe Mann war in sich gekehrt und grüblerisch, was Janik von diesem so gar nicht kannte. War es möglich, dass Mesut genug von ihm hatte und jetzt darüber nachdachte, wie er es ihm beibringen sollte? Er konnte nicht verhindern, dass dieser Gedanke wilde Panik in ihm auslöste.

Die letzten Wochen waren für Janik die schönsten seines Lebens gewesen. Der Job im ‚Cosmopolitan' machte ihm Spass und er wurde dort von allen Kollegen akzeptiert und sogar geschätzt. Am Glücklichsten aber machte Janik sein Zusammenleben mit Mesut, der ihm immer wieder zu verstehen gab, wie gerne er mit Janik zusammen war und ihn nicht als Sklave behandelte, sondern fast schon als gleichwertiger Partner.

Mit beinahe übermenschlicher Ausdauer führte Mesut ihn auf den Weg zu mehr Selbständigkeit und zwang ihn immer wieder eigene Entscheidungen zu fällen, was Janik oft verzweifeln liess. Doch selbst bei falschen Entschlüssen erntete er keinen Tadel sondern erhielt Unterstützung und Hilfe, so dass Janik immer mehr Selbstbewusstsein entwickelte und damit das erste Mal in seinem Leben das Gefühl hatte, tatsächlich etwas Wert zu sein.

Heute aber schien Janiks Traum von einem besseren Leben ins Wanken zu geraten und er hatte keine Ahnung, was der Auslöser dafür war. Hatte er etwas Falsches getan oder gesagt? War Mesut seiner einfach nur überdrüssig? Im ersten Moment wollte er sich einfach wieder in seinem Schmerz und in der Angst zurückziehen, um still vor sich hin zu leiden, doch genau das wäre Mesut zuwider. Dieser würde nämlich wollen, dass er sich dem Problem stellte, damit auseinandersetzte und es anpackte, also machte er sich auf den Weg zum Fitnessraum, um Mesut mit seinen Gedanken zu konfrontieren.

Mit schweissnassen Händen stand er vor der Kraftmaschine, an der Mesut ächzend Gewichte stemmte.

„Mesut? Habe ich etwas falsch gemacht?“, fragte Janik geradeheraus, obwohl ihm dabei fast das Herz in die Hose rutschte.

Der Grosse unterbrach sofort die Übung und blickte ihn verwundert an: „Wie kommst du denn darauf? Natürlich nicht.“

„Du bist so schweigsam und...Ich weiss auch nicht. Ich dachte...“

„Was dachtest du?“

„I...ich dachte, d...du hättest vielleicht genug von mir.“

„Was?“ Mit einem Satz stand Mesut vor ihm und zog Janik in eine innige Umarmung. „Also wirklich, Süsser. Nur weil ich einmal nicht so gut drauf bin, heisst das doch noch lange nicht, dass ich genug von dir habe.“

„D...du würdest es mir doch früh genug sagen, d...damit ich mir eine neue Bleibe suchen könnte, nicht wahr?“ Er konnte seine Unsicherheit einfach nicht überspielen, denn obwohl Mesut ihm versicherte, dass alles in Ordnung war, blieb dieses ungute Gefühl bestehen.

„Das würde ich, mein Süsser, aber zu diesem Thema gibt es überhaupt nichts mehr zu sagen. Es gefällt mir sehr, dass du hier bist und von mir aus soll es auch weiterhin so bleiben. Es sei denn, du möchtest etwas daran ändern.“

Für einen Moment hatte Janik den Eindruck, als ob in Mesuts Augen Unsicherheit aufflackerte, war sich aber im nächsten schon nicht mehr sicher.

„Bestimmt nicht. I...ich bin sehr glücklich hier“, antwortete Janik verblüfft. Der Gedanke, dass er sich von Mesut trennen würde, war völlig absurd.

Seine entrüsteten Worte entlockten Mesut ein Lächeln, das dessen Gesicht wieder eine Spur entspannter wirken liess und Janik fast alle Bedenken nahm. Der darauffolgende Kuss wischte auch den Rest der Verunsicherung weg, so dass er sich freudig von Mesut um den Verstand bringen liess, wie nur er es mit seinen atemberaubenden Berührungen konnte.

„Mesut? Willst du mich ficken?“, fragte Janik keuchend, nachdem der andere ihn endlich wieder zu Atem kommen liess.

Endlose Sekunden blickte ihn Mesut einfach nur eindringlich an und schüttelte dann langsam den Kopf.

„Nein.“

„Was?“, flüsterte Janik erschrocken und spürte, wie etwas sein Herz zusammenzudrücken schien. Mit dieser Antwort hatte er ganz bestimmt nicht gerechnet. „W...warum denn nicht?“ Er war sich jedoch nicht sicher, ob er wirklich eine Erklärung dafür wollte.

„Weil du mir deinen süssen Knackarsch nur anbietest, weil du insgeheim Angst hast, dass ich mit dir nicht mehr zufrieden bin.“

Diese Antwort war für Janik wie ein Schlag ins Gesicht, denn sie traf tatsächlich genau ins Schwarze. Zu neunzig Prozent zumindest. Ein kleiner Teil von ihm wollte nämlich durchaus herausfinden, ob Sex mit Mesut genauso schmerzhaft und ihm ebenso zuwider war, wie die Ficks mit all den anderen Männern. Dennoch hatte Mesut recht und die Erkenntnis, dass der andere ihn besser durchschaute als er sich selbst, machte ihn verlegen.

„Es tut mir leid“, entschuldigte er sich mit gesenktem Kopf.

„Nein, das muss es nicht. Und nur damit wir uns richtig verstehen.“ Mesut hob Janiks Kopf mit einem Finger unter dem Kinn wieder an, damit er ihn ansehen musste. „Ich würde sehr gerne mit dir schlafen, aber erst wenn du soweit bist und es aus den richtigen Gründen willst, verstehst du das?“

Schwerschluckend nickte Janik und löste sich aus Mesuts Umarmung, der sich gleich darauf wieder an die Kraftmaschine setzte. Ein letzter Blick auf den grossen Kerl liess Janik unvermittelt erkennen, dass sich nach Mesuts Erklärung nun bereits ein grösserer Teil in ihm nach einer körperlichen Vereinigung mit diesem Mann sehnte. Er hatte ‚miteinander schlafen‘ und nicht ‚ficken‘ gesagt, was irgendwie ein warmes Gefühl in Janiks Bauch auslöste.

Ein Blick auf die Uhr zeigte Janik, dass seine Schicht im ‚Cosmopolitan‘ nur noch eine Stunde dauerte und er dann endlich nach Hause gehen konnte. In der Regel ging die Zeit hier wie im Fluge vorbei, weil er die Arbeit gerne machte. Heute aber konnte er es kaum erwarten zu Mesut zu kommen.

In den letzten Tagen hatte er viel darüber nachgedacht, ob er mit Mesut schlafen wollte oder nicht und war nun zu dem Schluss gekommen, dass er es unbedingt wollte. Nicht weil er diesen damit an sich binden wollte, sondern weil er sich vorstellen konnte, dass es mit Mesut ganz anders sein würde. Bis heute hatte dieser stets auf Janik und dessen Wünsche Rücksicht genommen. Wer also wäre geeigneter, ihm den Analsex schmackhaft zu machen, als dieser zärtliche Mann, der in der vergangenen Zeit bereit gewesen war, die eigenen Bedürfnisse hinter Janiks zu stellen?

„Kann man hier auch was zu trinken bekommen“, wurde er aus seiner Grübelei geholt und die Stimme liess Janik starr vor Schreck zusammenzucken. Langsam drehte er sich um und blickte direkt in Roberts grinsendes Gesicht.

„N...natürlich, was darf es denn sein?“, erwiderte Janik und versuchte die Unsicherheit und Panik, die ihn zu überwältigen drohten, zu überspielen.

„Hallo Janik. Ich nehme ein Bier.“

Während er das Getränk über den Tresen schob konnte er nicht verhindern, dass seine Hände dabei zitterten. Noch immer hatte der andere die Macht über ihn nicht verloren und zog ihn beinahe magisch mit einem besitzergreifenden Blick an.

„Wie ich sehe stellst du dich hier gar nicht so schlecht an. Ich hätte dir das Arbeiten schon früher erlauben sollen, dann hättest du auch etwas zu den Kosten beisteuern können.“

Janik schwieg, weil er wusste, dass Robert von ihm keine Antwort erwartete. Er hatte immer erst nach dessen Aufforderung reden dürfen.

„Ich komme gleich zur Sache, Kleiner. Ich will, dass du zurückkommst.“

Robert hob das Glas an die Lippen, unterbrach dabei aber den Augenkontakt nicht, so dass Janik keine Möglichkeit sah, sich hilfesuchend umzublicken. Wonach er gesucht hätte wusste er selbst nicht, denn heute hatte er Dienst mit zwei Studenten, die seine Vorgeschichte mit Robert nicht kannten. Seine Freunde – denn als solche sah er Federico und Lukas mittlerweile an – hatten heute beide frei.

„Wann wirst du kommen?“, fragte Robert nun in einem befehlenden Tonfall, dem sich Janik nicht entziehen konnte. Dennoch machte sich ein neues Gefühl in seinem Inneren bemerkbar. Es war ein winziger Funke von Abwehr, der ihn schliesslich auch all seinen Mut zusammennehmen liess.

„Ich komme nicht zurück“, sagte er leise und war sich nicht sicher, ob sein Gegenüber ihn überhaupt verstanden hatte. Ein zorniges Aufflackern in Roberts Augen gab ihm jedoch Gewissheit, dass dieser die Worte gehört hatte.

„Du willst dich wirklich gegen mich stellen? Mesut scheint ganze Arbeit geleistet zu haben, doch das gefällt mir. Es wird mir ein Vergnügen sein, dir deine Flausen wieder auszutreiben“, entgegnete Robert süffisant grinsend und betonte das letzte Wort in besonderer Art und Weise, so dass Janik dessen Bedeutung nur zu bewusst wurde.

„Mesut wird nicht zulassen, dass du mir etwas antust“, versuchte er erneut Gegenwehr zu leisten, was ihm aber unter dem kalten Blick des anderen Mannes nicht einfach fiel. Schon immer hatten ihn schlussendlich diese blauen Augen, die in einer derart frostigen Weise blicken konnten, in die Knie gezwungen. Diesmal aber versuchte er sich wenigstens dagegen zu wehren.

„Ach ja? Sollte der gute Mesut etwa dein neuer Master sein oder höre ich hier sogar so etwas wie Zuneigung aus deinen Worten?“, fragte Robert abschätzig. „Nun, das solltest du aber gleich wieder vergessen, denn wir wollen dem - ach so lieben - Mesut doch nicht schaden, nicht wahr?“

„W...wie meinst du das denn?“, stotterte Janik erschrocken. Angst schnürte ihm beinahe die Kehle zu, wobei er feststellen musste, dass er sich mehr um Mesut sorgte, als um sich selbst.

„Weisst du, Mesut wird seinen Traum als selbständiger ‚Personal Trainer‘ leider begraben müssen, wenn ich erst einmal das eine oder andere Gerücht über ihn in Umlauf gebracht habe.“ In demonstrativ gelangweilter Pose musterte Robert seine Fingernägel und sah Janik dann gleich wieder eindringlich an.

Er musste gar nicht nachfragen, ob die Drohung ernst gemeint war. Es lag klar auf der Hand, dass sein Master hier keine weiteren Diskussionen führen und lediglich wissen wollte, wann Janik wieder bei ihm auftauchte.

„Gibt es hier Probleme?“, wurde Janik plötzlich aus dem Blickduell mit seinem Gegenüber gerissen.

Der Mann, der sich neben Robert aufgebaut hatte, war Boris, der ihn jetzt fragend musterte und dann seinen Nebenmann mit einem abschätzenden Blick bedachte.

„Nein, danke Boris. Der Herr wollte sowieso gerade gehen“, antwortete Janik und war froh, als Robert nach kurzem Zögern einen Schein auf den Tresen legte und dem indirekten Rauswurf nachkam. Trotzdem stand noch die Frage zwischen Master und Slave offen.

„Morgen“, sagte Janik deshalb in Roberts Richtung, was dieser mit einem kurzen Nicken quittierte und schliesslich das Lokal verliess.

„Sorry, ich wollte mich erst nicht einmischen, aber du hast für einen Moment richtig ängstlich ausgehen“, erklärte Boris lächelnd.

Boris war in den letzten Wochen ein guter Freund geworden und Janik fragte sich manchmal, ob der andere vielleicht etwas mehr für ihn empfand. Nicht, dass dieser sich je wieder an ihn herangemacht hätte, aber er war ausnehmend freundlich zu ihm und kam regelmässig auf einen Drink vorbei. Ein wenig stimmte es Janik traurig, dass er dem grossen Russen nicht ebenso tiefe Gefühle entgegenbringen konnte, doch den Platz in seinem Herzen war bereits von Mesut eingenommen worden, obwohl dieser davon gar nichts wusste.

Jetzt war er sogar froh darüber, dass er seine Liebe nicht gestanden hatte, denn wie würde er sonst dastehen, wenn er morgen zurück zu seinem Meister ging? Obwohl ihm die Rückkehr zu Robert zuwider war, wollte er unter keinen Umständen riskieren, dass dieser Mesut schadete. Natürlich hätte er auch gleich mitgehen können, aber diese eine Nacht wollte er noch haben, um sie mit Mesut zu geniessen und damit Erinnerungen zu schaffen, von denen er in seiner düsteren Zukunft zehren konnte.

„Ist schon gut, Boris. Ich bin froh, dass du gekommen bist. Dieser Gast war einfach nur etwas aufdringlich“, antwortete er dem Russen und lächelte dankbar zurück.

„Jederzeit wieder, Kleiner. Du weisst hoffentlich, dass du mich immer um Hilfe bitten kannst, nicht wahr?“

„Ja, danke. Ich weiss das wirklich zu schätzen“, entgegnete Janik und drückte aus einem Impuls heraus Boris‘ Unterarm, der daraufhin die Hand nahm und einen Kuss auf die Fingerspitzen hauchte. Einen Moment lang blickten sie sich schweigend an, dann drehte sich Boris um und ging zurück zu dem Tisch, an dem seine Kumpels sassen.

Als Janik nach Hause kam ging er geradewegs ins Schlafzimmer, wo er Mesut schlafend vorfand. Es war nicht unüblich, dass dieser bereits zu Bett gegangen war, wenn er Spätschicht hatte. Normalerweise legte sich Janik dann einfach nahe an den grossen, warmen Körper und schlief ebenfalls bald darauf glückselig ein, doch heute würde er Mesut wecken.

Schnell hatte er sich aus seinen Kleidern geschält und schlüpfte unter die Decke, wo er gleich den vertrauten Duft Mesuts wahrnahm, der lediglich mit einer Pants bekleidet dalag. Zielstrebig liess er die Hände über die harten Muskeln fahren und versuchte sich dabei jede einzelne Beschaffenheit dieses Körpers einzuprägen. Wohlig brummend wälzte sich Mesut auf den Rücken und schien langsam zu erwachen.

„Hey Kleiner, was wird denn das?“, fragte er mit verschlafener Stimme, liess eine Hand aber gleichzeitig über Janiks Rücken streifen. Die Frage war nicht ungerechtfertigt, denn bis dahin hatte Janik noch nie die Initiative ergriffen und auch jetzt war es für ihn nicht einfach, dem anderen mitzuteilen, was er genau wollte.

„Ich möchte mit dir schlafen“, sagte er deshalb ohne Umschweife und fühlte gleichzeitig Angst vor Zurückweisung aufkeimen.

„Was?“ Mesut war nun eindeutig wacher, packte Janik an den Armen und zog ihn näher zu sich heran, wohl um im fahlen Licht der Strassenlaternen sein Gesicht besser erkennen zu können. „Bist du dir da wirklich sicher?“

„Ja“, hauchte er und wurde gleich darauf in einen leidenschaftlichen Kuss verwickelt, der ihn schier zu verbrennen drohte. Mesuts Küsse hatten von Anfang an eine betörende Wirkung auf Janik gehabt, von der er einfach nicht genug bekommen konnte.

Schwungvoll wurde er von dem grossen Mann auf den Rücken geworfen und gleich darauf zogen Hände, Lippen und Zunge glühende Bahnen über Janiks ganzen Körper, die heisse Wellen in seinen Schwanz sandten und diesen fast sofort zur vollen Grösse anwachsen liessen. Nie zuvor hatte etwas oder jemand ihn so sehr erregt, wie es Mesuts Zärtlichkeiten taten.

In den letzten Wochen hatte dieser Mann es fertiggebracht, jede seiner erogenen Stellen zu finden und Janik näherzubringen, die meisten davon hatte er selbst nicht einmal gekannt. Gleichzeitig hatte Mesut ihn aber auch dazu ermuntert, sich ohne Scheu mit dessen Körper bekannt zu machen und ihm immer wieder erklärt, dass es keine Tabus gab, wenn beide Sexualpartner dabei Lust empfanden. Erst mit der Zeit war Janik klar geworden, dass Mesut versuchte ihm beizubringen, dass er in der Master/Slave-Beziehung mit Robert Erniedrigungen über sich ergehen liess, die er gar nicht gewollt hatte und dass es sich dabei ganz sicher nicht um Liebe handeln konnte.

Als Janik nun begann auch Mesut zu liebkosen, wurde er von diesem zurückgehalten.

„Nein, heute bist nur du dran, mein Süsser. Konzentriere dich einfach auf deine Empfindungen und sage sofort, wenn du etwas nicht willst“, erklärte der andere und blickte ihn zärtlich an, während er aus der Nachtischschublade Gleitgel und Kondome holte.

Zwischen Janiks Schenkeln kniend gab sich Mesut grosszügig Gel auf die Finger und forderte ihn danach auf, die Beine hochzuziehen, damit dieser direkten Zugang zu seinem Hintereingang hatte. Mit kreisenden Bewegungen wurde der Anus umschmeichelt und massiert, wobei Mesut gelegentlich etwas Druck ausübte, nur gerade so viel, dass eine Fingerkuppe den Schliessmuskel durchdringen konnte.

Immer den Blickkontakt mit Janik haltend drückte Mesut schliesslich einen gut befeuchteten Finger bis zur Gänze hinein und bewegte diesen suchend, bis er die Erhebung der Prostata fand, die er daraufhin sanft zu streicheln begann. Nie gekannte Impulse wurden damit ausgelöst, die heiss durch Janiks Körper bis zu den Nervenenden zu strömen schienen und ihn laut aufstöhnen liessen. Weitere Finger wurden von Mesut eingeführt, doch der Schmerz, den diese mit sich brachten, war lediglich in weiter Ferne wahrnehmbar, denn das unglaubliche Gefühl der Stimulation des inneren Punktes überlagerte einfach alles.

„Mesut“, rief Janik keuchend aus und versuchte sich aufzurichten. „Ich kann so nicht mehr lange durchhalten.“

Mit einem grollenden Lachen zog sein Liebhaber die Finger zurück und legte sich neben Janik, um ihm mit einem verzehrenden Kuss noch mehr Atem zu rauben.

„Dann sag mir jetzt, ob du noch immer meinen Schwanz in dir haben willst?“

Als Janik nickte und ein leises ‚Ja‘ flüsterte, streifte sich Mesut ein Kondom über die pralle Härte und lehnte sich an das Kopfteil des Bettes.

„Dann komm her, mein Süsser“, forderte sein Liebhaber mit glühendem Blick und zog Janik auf seinen Körper. „Du bestimmst selbst das Tempo und entscheidest, wie weit du mich in dir haben willst.“

Erst begriff Janik nicht, doch als der andere ihm das Gleitgel hinstreckte verstand er, dass Mesut wollte, dass er ihn ritt. Er setzte sich auf dessen Oberschenkel und verteilte das Gel auf dem harten Schaft, wobei schon diese Berührung dem anderen ein dunkles Grollen entlockte. Mit zittrigen Knien positionierte er sich über dem heissen Schwanz und drückte diesen wenig später langsam durch seinen engen Schliessmuskel.

Die Dehnung war da und auch spürbar, gefolgt von einem leichten Brennen, doch niemals zu vergleichen mit dem, was er früher dabei empfunden hatte. Langsam nahm er Zentimeter um Zentimeter in sich auf, wobei ein Stöhnen seiner Kehle entfuhr, das ganz bestimmt nicht vom Schmerz verursacht wurde. Diese Inbesitznahme war beinahe schmerzfrei und dabei überaus lustvoll.

Erst als er völlig mit Mesut verbunden war konnte er seinen Liebsten ansehen und blickte in ein leidenschaftlich verzehrtes Gesicht, auf dem viele kleine Schweisstropfen zu erkennen waren.

„Das ist unglaublich und du bist so verdammt sexy. Ich... Oh Gott.“ Ein Stöhnen unterbrach Mesuts Worte, weil Janik angefangen hatte sich zu bewegen.

Mesut setzte sich keuchend auf und legte seine grossen Hände um Janiks Hinterbacken, um ihn in den Auf- und Abbewegungen zu unterstützen. Als er spürte, dass Janik den richtigen Winkel gefunden hatte, liess er sich wieder zurückfallen und begann, sich von unten in den engen Muskel zu treiben. Immer stärker, immer schneller kamen die Stösse und trafen jedes Mal den richtigen Punkt, so dass Janiks Körper irgendwann begann zu krampfen und er schliesslich mit einem leisen Schrei sein Sperma über Mesuts Brust entlud. Die Kontraktionen des Schliessmuskels brachten auch den Mann unter ihm zum Höhepunkt, wobei sich auch Mesut laut stöhnend in Janik ergoss und ihn dann zu sich herunterzog. Schützende Arme umgaben ihn und leise, unverständlich Worte wurden ihm zusammen mit zarten Küssen ins Haar gehaucht, so dass Janik die Tränen nicht länger zurückhalten konnte. Dies hier war mit nichts zu vergleichen, was er bis dahin erlebt hatte. Mesut und er waren für einen Moment eins gewesen.

Plötzlich wurde er angehoben und Mesut musterte ihn mit sorgenvoller Miene.

„Du hattest also doch Schmerzen.“

Es war mehr eine Feststellung, als eine Frage, dennoch antwortete Janik schniefend: „Nein, ich weine, weil es so schön war. Danke Mesut.“

Mit einem erleichterten Aufstöhnen zog Mesut ihn erneut in eine Umarmung.

„Ein Glück! Ich hoffe, dass wir das noch ganz oft wiederholen werden. Und nur, dass wir uns richtig verstehen, mein Süsser, schön war das ganz sicher nicht, wohl eher unbeschreiblich!"

Irgendwann wurde Janik sanft von Mesuts Körper geschoben, damit dieser sich des Kondoms entledigen konnte, wurde danach aber wieder in die starken Arme gezogen, in denen Janik bald darauf einschlief.

***

Besorgt blickte Mesut immer wieder auf die Uhr. Janik hätte bereits seit einer Stunde zuhause sein sollen. Wieder fluchte er leise vor sich hin und ärgerte sich darüber, dass er nicht energischer gewesen war als er dem anderen geraten hatte, sich ein Handy zuzulegen. Mit der Erklärung, dass ihn sowieso niemand anrufen würde, hatte Janik davon Abstand genommen und Mesut hatte nun das Nachsehen.

Natürlich war eine Stunde Verspätung kein Grund gleich so auszuflippen, aber er hatte grundsätzlich ein schlechtes Gefühl, wenn sein zu so später Stunde den Heimweg antreten musste. Am liebsten hätte er ihn immer abgeholt, was jedoch für dessen Selbständigkeit nicht von Vorteil gewesen wäre.

Jetzt sass er hier wie auf spitzen Nadeln und konnte sich schliesslich nicht länger davon abhalten, wenigstens im ‚Cosmopolitan' anzurufen, um zu erfahren, ob Janik länger arbeiten musste.

Nach dem Telefonat mit Federico fühlte er wie langsam Panik in ihm aufstieg. Janik hatte nach der Auskunft von Tareks Freund bereits vor fast eineinhalb Stunden das Lokal verlassen. Selbst wenn der Bus, den dieser für den Arbeitsweg benutzte, eine Panne gehabt hätte, wäre er zu

Fuss längst zuhause angelangt. Es musste also etwas geschehen sein. Nur was?

Zur Polizei konnte er wohl noch nicht gehen, die würden ihn lauthals auslachen, überlegte er gerade, als sich sein Handy bemerkbar machte. Schnell meldete er sich, war jedoch enttäuscht, als wieder nur Federico am anderen Ende war.

„Mesut, ich glaube, du solltest am besten hierher kommen“, hörte er den anderen mit ernster Stimme sagen.

„Warum? Ist etwas mit Janik? Nun rede doch schon, verdammt nochmal!“, schrie er beinahe ins Telefon, obwohl er sich durchaus bewusst war, dass es Federico nicht verdient hatte so behandelt zu werden.

„Setz dich ins Auto und komm her“, sagte dieser nur knapp und unterbrach die Verbindung.

In Windeseile zog sich Mesut Schuhe und Jacke an und verliess das Haus, wobei er die Tür nicht abschloss, falls Janik in der Zwischenzeit nach Hause kommen würde und vielleicht keinen Schlüssel hatte.

Im ‚Cosmopolitan‘ war wie immer viel los. Seine Freunde erblickte er in einer Ecke, wo mehrere Tische zusammengeschoben worden waren. Offenbar traf sich heute wieder einmal die halbe ‚Russenmafia‘, so nannte man Tareks und Vladeks russischen Freundeskreis, der aus einer beeindruckenden Truppe von grossen und muskulösen Kerlen bestand. Kaum wurde er erkannt, winkten ihm die Russen zu, so dass er sich auf den Weg dorthin machte.

Auch Federico sass inmitten der Russen neben Tarek, und Lukas hatte auf dem Schoss von Vladek Platz genommen. Auffällig war aber, dass alle Anwesenden Mesut betroffen ansahen, sogar diejenigen, die er nicht so gut kannte. Etwas war eindeutig geschehen, und es konnte nur mit Janik zu tun haben.

„Wo ist er?“, fragte er ohne Begrüssung und sah Federico mit durchdringendem Blick an.

„Setz dich erst einmal hin“, hörte er Boris neben sich sagen, der ihm einen Stuhl hinschob.

„Ich will mich nicht hinsetzen, verdammt. Ich will wissen, wo Janik ist“, zischte er den Russen an.

„Es tut uns leid, dass wir dich erst jetzt benachrichtigt haben, aber Tarek ist erst vor zwanzig Minuten gekommen und hat den Brief nicht gleich gesehen“, begann Federico stockend zu erklären.

„Was für ein Brief?“, fragte Mesut und sah von Federico zu Tarek, der ihm jetzt einen Umschlag über den Tisch zuschob.

Beim Öffnen fiel Mesuts Haustürschlüssel heraus. Erschrocken riss er das Papier aus dem Umschlag und las die paar Zeilen, die in Janiks ungelenker Schrift verfasst waren. Dieser hatte Tarek darin für den Job hier im Lokal gedankt und für die Freundschaft, die man ihm entgegengebracht hatte. Zudem liess er ihn wissen, dass er ab morgen nicht mehr zur Arbeit kommen würde und bat ihn gleichzeitig, den beigelegten Schlüssel an Mesut zurückzugeben.

„Was hat das zu bedeuten?“, fragte er leise und blickte zu Tarek.

„Ich habe keine Ahnung, aber Federico und Lukas haben erzählt, dass sich Janik auf sehr endgültige Art und Weise von ihnen verabschiedet hat, was ihnen aber erst jetzt wirklich bewusst geworden ist.“

„Aber wo ist er denn hin? Er kennt doch niemanden ausser uns? Er wird doch nicht zu Robert zurückgegangen sein, oder?“

Fragend sah er in die Runde, doch alle sahen betreten vor sich hin, bis schliesslich Boris fragte: „Wer ist Robert?“

„Das war Janiks Master“, erklärte Lukas.

„Nicht schon wieder so ein dominantes Arschloch wie dein Ex, oder etwa doch?“, wollte Boris genauer wissen.

„Robert ist noch schlimmer als Torsten. Ein richtiger Drecksack, der Gefallen daran hat anderen Schmerzen zuzufügen.“

Eine Zeitlang sagte niemand etwas, alle schienen ihren eigenen Gedanken nachzuhängen. Mesut fragte sich, ob es wirklich möglich wäre, dass Janik zu Robert zurückgegangen war, aber irgendwie wollte oder konnte er das einfach nicht glauben. Nicht nach der gestrigen Nacht! Doch hatte er nicht selbst befürchtet, dass Robert die Sache mit seinem Sklaven noch nicht ‚ad acta‘ gelegt hatte und irgendwann versuchen würde, Janik wieder für sich zu gewinnen? Vielleicht...

„Hat jemand ein Foto von diesem Robert?“, fragte Boris in die Runde, erntete aber von allen Seiten nur Kopfschütteln.

„Doch, warte mal, ich könnte eines auf dem Handy haben. Wozu soll das denn gut sein?“, fragte Mesut und durchsuchte gleichzeitig seine Bildergallerie bis er fündig geworden war und es Boris hinstreckte.

Der Russe sah sich das Bild an und blickte dann Mesut grimmig an: „Der war hier und zwar gestern. Er hat mit Janik geredet, der dabei alles andere als glücklich ausgesehen hat, eher sogar ängstlich.“

„Was hat er denn von ihm gewollt?“, fragte Lukas alarmiert.

„Kann ich nicht genau sagen. Ich bin erst dazu gestossen, nachdem ich das Gefühl hatte, dass Janik Angst bekam. Der Kerl ist gleich darauf gegangen, hat aber zuvor den Kleinen kaum aus den Augen gelassen. Ich weiss nur, dass Janik etwas von ‚morgen‘ gesagt hat.“

Mit einem Ruck stand Mesut auf und wollte sich umdrehen, wurde jedoch von Boris am Arm zurückgehalten.

„Was hast du vor?“, fragte der Russe und stand jetzt ebenfalls auf.

„Ich hol ihn zurück. Hast du etwas dagegen?“

Mesut wusste, dass er Boris Unrecht tat, indem er ihn so anging, trotzdem konnte er seine Wut kaum zähmen.

„Im Gegenteil, ich finde, das ist eine sehr gute Idee. Ich komme mit!“

In diesem Moment erhob sich auch der Rest der Truppe und machte Anstalten zu gehen.

„Was wird das hier?“, fragte Mesut und sah einen nach dem anderen an.

„Sieht so aus, als ob sich hier eine kleine Armee zur Rettung von Janik aufmacht. Kommt mir irgendwie bekannt vor, nicht wahr Lukas?“, fragte Vladek seinen Liebsten und zog ihn für einen kurzen Kuss an sich.

„Ja, ich werde nie vergessen, wie damals unsere ‚Russenmafia‘ den M/S-Club gestürmt hat, um meinen Ex-Freund und -Master Torsten in seine Schranken zu verweisen. Die Truppe hier ist schon eine beeindruckende Erscheinung“, sagte Lukas stolz und schmunzelte in die Runde.

„Nun gut, dann lasst uns gehen“, sagte Mesut, blieb aber nach ein paar Schritten noch einmal stehen, drehte sich um und blickte die Gruppe Männer hinter sich an. „Und danke für alles.“

Boris klopfte ihm kameradschaftlich auf die Schulter und wies ihn mit einem Nicken in Richtung Ausgang, um sich endlich auf den Weg zu machen.

In der engen Strasse, in der sich Roberts Haus befand, waren nicht genug Plätze vorhanden, um alle Wagen der Russengang zu parken, was aber keinen zu stören schien. Sie liessen ihre Autos einfach mitten auf der Strasse stehen, weil sie wohl davon ausgingen, dass das hier sowieso eine kurze Angelegenheit sein würde. Mesut tat diese Zuversicht gut, denn er selbst konnte seine Nervosität kaum unter Kontrolle bringen. Ein Teil von ihm hatte sogar Angst! Angst, dass Janik gar nicht von Robert zur Rückkehr genötigt worden sondern freiwillig zurückgegangen war.

Eine Hand drückte seine Schulter und als er aufsah erkannte er Boris, der ihn aufmunternd anlächelte.

„Lass uns deinen Süssen holen, okay?“

„Ich hätte nie gedacht, dass aussergerechnet du mir helfen würdest. Ich meine, so gut kennen wir uns doch gar nicht, und... irgendwie hatte ich den Eindruck, dass dir Janik auch gefällt.“ Warum er das hier und jetzt ansprechen musste, war Mesut auch nicht klar, aber es schien irgendwie der richtige Zeitpunkt, um einiges klarzustellen.

„Tja, so kann man sich in anderen Menschen täuschen. Ich hätte auch nicht gedacht, dass es dich jemals so schwer treffen würde, aber der Kleine hat dich voll erwischt, nicht wahr?“ Mesuts Nicken liess Boris fortfahren. „Dein Eindruck hat dich übrigens nicht getäuscht. Janik hat mir von Anfang an gefallen, aber mittlerweile sehe ich ihn mehr als Freund. Solltest du jedoch nicht gut für ihn sorgen... dann kann ich nicht dafür garantieren, dass ich ihn dir nicht doch noch vor der Nase wegschnappe“, grinste ihn der Russe an. Unterschwellig war jedoch eine ernste Botschaft herauszuhören, die Mesut aber nicht wirklich störte, zeigte es doch nur, dass Janik hier einen weiteren guten Freund gefunden hatte.

Mesut nickte kurz und stieg schliesslich mit Boris aus dem Auto, um kurze Zeit später vor Roberts Haustür zu stehen und Sturm zu läuten. Es dauerte recht lange bis endlich aufgemacht wurde. Robert hatte nicht einmal Gelegenheit auch nur ein Wort zu sagen, denn Boris legte sofort eine Hand auf dessen Brust, schob ihn unsanft in den Flur und fixierte ihn dort an der Wand.

„Hallo. Ich bin Boris. Mein Freund hier möchte etwas bei dir abholen“, sagte der Russe mit seiner dunklen Stimme und sein leichter Akzent hatte zusätzlich noch etwas Einschüchterndes.

Mittlerweile waren auch die anderen Russen aufgetaucht, in deren Mitte die beiden Twinks Federico und Lukas standen.

„Was soll denn das?“, fragte Robert keuchend, dem es wohl etwas an Luft fehlte, weil Boris immer wieder Druck auf dessen Brustkorb ausübte.

„Wo ist Janik?“, fragte Mesut und blickte sich bereits um, indem er an Robert vorbei ins Wohnzimmer ging, wo aber niemand zu sehen war.

„Antworte gefälligst“, forderte Boris, zog Robert etwas von der Wand zurück, nur um ihn danach gleich wieder dagegen krachen zu lassen.

„Du hast ihn doch nicht wieder in den Keller verfrachtet?“ Ein Blick in Roberts Gesicht zeigte Mesut aber, dass genau dies der Fall zu sein schien, weshalb er mit ausholenden Schritten zur Kellertreppe ging. Boris folgte ihm, zog dabei aber auch Robert unsanft hinterher.

Im Keller wurde Mesut fündig. Janik sass zusammengekauert auf der Pritsche und sah ängstlich zur Treppe, senkte jedoch gleich den Kopf als er ihn erkannte.

Mesut ging ohne ein Wort zu ihm, legte eine Hand unter dessen Kinn und hob so Janiks Gesicht an. Eine Platzwunde war auf den Lippen zu erkennen und die rechte Wange zierte ein dunkler Fleck, der sich bereits zu verfärben begann und eindeutig von einem Schlag herrührte.

„Du verdammtes Arschloch hast ihn geschlagen“, schrie Mesut und wollte sich umdrehen, doch Janik hielt ihn am Arm zurück.

„Es ist schon okay, Mesut. Ich... habe es verdient“, sagte er, blickte dabei aber zu Robert hinüber.

„Verdient? Bist du nicht ganz dicht? Du hast so etwas bestimmt nicht verdient.“

Ein keuchender Aufschrei liess Mesut sich nun doch umdrehen. Boris hielt Robert mit dem Rücken zu sich und hatte einen Arm um dessen Hals gelegt, womit er wohl Druck auf dessen Kehle ausübte.

„Boris“, hörte er hinter sich Janik rufen, der gleich darauf zu den beiden lief und den Russen am Arm packte, um diesen davon abzuhalten, Robert noch mehr in Bedrängnis zu bringen.

Mehr als unsanft wurde Robert von Boris weggestossen, weshalb er vor der Pritsche zu Boden ging und schmerzhaft aufstöhnte.

„Boris, bring Janik ins Auto, ich komme gleich nach."

„Nein, ich kann nicht gehen", erwiderte Janik und wollte sich zu Robert hinunter beugen.

„Verdammt nochmal, was soll denn das heissen? Warum denn nicht?", wollte Mesut wissen.

„Er hat das Halsband angenommen? Damit ist der Bund zwischen Master und Slave besiegelt", grinste Robert dreckig und rieb sich über die schmerzende Kehle.

Erst jetzt sah Mesut das schwarze Lederband um Janiks Hals, das mehr wie ein Hundehalsband aussah.

„Ach ja?" Mesut liess den Blick im Raum umherschweifen, bis er gefunden hatte, wonach er suchte. Mit einem Messer trat er auf den Kleinen zu und durchtrennte das Band.

„Damit hätten wir dieses Problem aus der Welt geschafft. Und jetzt geh mit Boris", wandte er sich an Janik, der daraufhin aber erneut den Kopf schüttelte.

„Ich kann nicht, Mesut."

„Mir reisst jetzt gleich der Geduldsfaden, verdammt nochmal. Du willst einen Master? Nun gut! Dann bin ich ab heute dein Master und ich befehle dir jetzt sofort mit Boris in mein verdammtes Auto zu steigen. Und wenn du noch einmal sagst, du kannst das nicht, werde ich dir hier vor all den anderen deinen kleinen Knackarsch versohlen, bis du die Englein singen hörst, hast du das verstanden?"

Stille breitete sich aus und ausser Mesuts heftigem Atem und Roberts leisem Röcheln war nichts zu hören, bis Boris schliesslich zu Janik trat und ihn am Arm nach oben führte. Bevor sie auf der Treppe verschwanden, konnte er noch einen letzten Blick aus Janiks Augen erkennen und was er sah liess ihn einen Moment die ganze Situation vergessen. Es war Ehrfurcht, Zuneigung und... definitiv

Erregung. Nun, darum würde er sich später kümmern, erst galt es hier einen endgültigen Schlussstrich zu ziehen.

„Und jetzt komme ich zu dir, mein lieber Freund", sagte Mesut und blickte auf den kümmerlichen Haufen zu seinen Füssen.

„Glaubst du etwa wirklich, dass Janik jetzt bei dir bleibt. Der braucht eine harte Hand als Führung. Ich glaube nicht, dass du die hast", sagte Robert abfällig und stand mühsam auf.

„Ach ja?", fragte Mesut, ballte die rechte Hand zu einer Faust und liess diese krachend in Roberts Gesicht landen, so dass dieser hintenüber auf die Pritsche fiel. „So viel zu der nicht vorhandenen harten Hand. Wenn du übrigens noch einmal dem Kleinen zu nahe kommst, werde ich wiederkommen und dann spielen wir zwei hier in deinem schönen Keller einmal richtig Master und Slave. Wer dabei der Sklave sein wird, dürfte dir wohl klar sein."

Damit drehte sich Mesut um, stieg die Treppe hinauf und ging hinaus zu seinem Wagen, wo Janik zusammengekauert auf dem Beifahrersitz sass. Boris trat zu Mesut und erklärte ihm, dass er für den Rückweg eine andere Mitfahrgelegenheit gefunden hatte, wobei er ihm vielsagend zuzwinkerte. Er bedankte sich bei dem Russen und bei all den anderen und stieg schliesslich in sein Auto, ohne einen weiteren Blick auf Janik zu werfen. Er war immer noch viel zu aufgebracht.

Wortlos startete er den Motor und fuhr geradewegs nach Hause, wo er den anderen als erstes ins Badezimmer führte und dessen Wunden verarztete, um ihn danach ins Bett zu stecken.

Traurig blickte er auf den kleinen Kerl hinunter, der ihm den Rücken zugewandt hatte und noch immer kein Wort sagte. Er hatte keine Ahnung, wie es jetzt weitergehen sollte. Okay, er hatte ihn vor Roberts Schlägen gerettet, aber hatte dieser das wirklich gewollt? Er hatte ihm im Keller deutlich zu verstehen gegeben, dass er gar nicht mitkommen und lieber bei seinem Master bleiben wollte. Was, wenn Janik tatsächlich auf Schläge stand und deshalb zu Robert zurückgegangen war? Eines stand auf jeden Fall fest: Mesut sah sich ausserstande, Janik zu schlagen, auch wenn dieser ihn darum bitten würde.

***

„Wie konntest du nur das Halsband annehmen?“, hörte Janik Mesut niedergeschlagen fragen.

„Ich hatte keine andere Wahl“, antwortete er nach einer Weile leise.

„Man hat immer eine Wahl. Oder sind es die Schläge? Hast du die etwa in den letzten Wochen vermisst?“ Es war klar Abscheu in Mesuts Worten zu erkennen.

„Nein, ich habe in den letzten Wochen rein gar nichts vermisst. Und ganz sicher keine Schläge.“

„Warum denn dann? Erkläre es mir, ich kann einfach nicht verstehen, weshalb du zurückgegangen bist.“

„Er hat mich erpresst“, sagte Janik leise und drehte sich langsam zu ihm um.

„Womit denn?“ Mesut kam zum Bett und setzte sich auf die Kante.

„Er wollte dir deine Existenz als ‚Personal Trainer‘ ruinieren, indem er Gerüchte über dich in Umlauf bringt. Das konnte ich doch nicht zulassen.“

Tränen kullerten über Janiks Wangen und nur mit Mühe konnte er ein Schluchzen unterdrücken.

„Du bist meinetwegen zu ihm zurückgekehrt?“, fragte Mesut fassungslos.

Ein Nicken musste als Antwort reichen, denn Janiks Kehle fühlte sich wie zugeschnürt an.

„Gott Süsser“, rief Mesut keuchend aus und riss ihn in seine Arme, die Janik schützend und tröstend umschlangen. „Dieses Arschloch hat doch bloss geblufft, so viel Einfluss hat der gar nicht. Ich habe genug Kundschaft, die mit meiner Arbeit zufrieden ist. Und auf die paar, die sich von Gerüchten beeinflussen lassen, kann ich gerne verzichten. Du hättest erst mit mir reden sollen.“

„Aber...“ Ein Finger legte sich auf Janiks Lippen und hinderte ihn so am Weitersprechen.

„Nein, in dieser Sache brauchst du dir wirklich keine Gedanken zu machen. Sag mir lieber, weshalb du schon wieder der Meinung warst, dass du Roberts Schläge verdient hast. Ich hätte dich in diesem Kellerloch beinahe geschüttelt, als du das gesagt hast!“

„Ich hab es einfach nicht mehr hingekriegt“, antwortete Janik und vergrub das tränennasse Gesicht an Mesuts Schulter.

„Was denn?“

„Robert einen zu blasen. Er hat mich angewidert und ich hätte ihm beinahe auf den Schoss gekotzt. Das hat ihn natürlich wütend gemacht.“

„Gut so! Nur schade, dass du es nicht getan hast. Aber wenigstens läuft er jetzt einige Zeit mit derselben Zeichnung im Gesicht umher wie du“, antwortet Mesut und lachte leise auf.

„Du hast ihm eine runtergehauen?“

Janik konnte nicht verhindern, dass aus seiner Stimme Stolz und Ehrfurcht herauszuhören waren. Er sah Mesut immer noch vor sich, als er ihm befahl mit Boris zum Auto zu gehen. Eine Welle der Erregung war durch seinen Körper geflossen und hatte ihn augenblicklich hart werden lassen, was dann Boris im Auto auch nicht verborgen geblieben war. Dieser hatte jedoch nur gegrinst, gutmütig seinen Schenkel getätschelt und gemeint, das Mesut genau der Richtige für ihn wäre.

„Ja, voll ins Gesicht und ich habe ihm angedroht, dass ich ihn das nächste Mal, wenn er dir noch einmal zu nahe kommt, zu meinem Sklaven mache und mir die Utensilien aus seinem Keller dafür ausleihe.“

Diese Vorstellung liess nun auch Janik leise lachen, was den Tränenfluss endgültig zum Erliegen brachte. Eine Zeitlang lagen sie sich einfach nur in den Armen und genossen die Wärme des anderen Körpers.

„Warum konntest du ihm keinen mehr blasen?“, fragte Mesut plötzlich in die Stille hinein.

Nun war wohl die Stunde der Wahrheit gekommen, denn eine Lüge kam für Janik nicht infrage. Er musste Mesut also seine Liebe gestehen, aber die Angst vor Zurückweisung war so präsent, dass er lange nicht die richtigen Worte finden konnte.

„Ich dachte, dass mir die schönen Erinnerungen an unsere gemeinsame Nacht dabei helfen würden, es mit Robert auszuhalten, aber...das Gegenteil war der Fall. Ich will mich von keinem anderen mehr anfassen lassen. Nur noch von dir“, flüsterte er und wartete angstvoll auf Mesuts Reaktion.

„Demnach empfindest du etwas für mich?“

Janik löste sich etwas von Mesut und blickte ihn forschend an. In dessen Gesicht war Unsicherheit zu erkennen.

„Natürlich, I...ich liebe dich“, sagte er einfach und hielt ängstlich den Atem an.

Wie würde Mesut jetzt reagieren? Würde er ihn auslachen oder genervt den Kopf schütteln? Würde er einem Sklaven überhaupt zutrauen, solche Gefühle empfinden zu können? Ein schmerzlicher Gedanke drängte sich in sein Bewusstsein. Mesut hatte von Anfang an keinen Hehl daraus gemacht, dass ihm Janiks devotes Verhalten zuwider war. Er konnte jedoch nicht ganz aus seiner Haut heraus, ein Teil von ihm wurde immer noch durch dominantes Verhalten erregt.

„Gott sei Dank, Kleiner, denn ich habe mein Herz bereits schon seit einiger Zeit an dich verloren“, rief Mesut aus und zog ihn stürmisch wieder an sich, um Janik mit einem innigen Kuss jede Erwiderung unmöglich zu machen.

Aufstöhnend klammerte er sich an den starken Körper und begriff erst nach und nach, was der andere ihm gerade gesagt hatte. Willenlos liess er sich trotz der schmerzenden Lippen in weitere Küsse verwickeln, mit denen ihm Mesut den Verstand zu rauben schien. Plötzlich wurde er jedoch zurückgeschoben.

„Du willst mich aber nicht nur als neuen Master, oder etwa doch? Ich sag dir gleich, ich werde niemals dazu fähig sein, dich zu schlagen oder zu demütigen. Wenn es also das ist, was du von mir möchtest, dann...“ Diesmal legte Janik einen Finger auf Mesuts Lippen, um den Redeschwall zu unterbrechen.

„Ich will dich ganz sicher nicht als meinen Master, weil ich nämlich gar kein Sklave mehr sein möchte.“

Diese Äusserung brachte ihm erneut einen heissen Kuss von Mesut ein, so dass er erst weitersprechen konnte, als dieser seine Lippen zögernd freiliess.

„Aber ich kann nun mal nichts dafür, dass es mich ungemein angeturnt hat, als du mir im Keller den Marsch geblasen hast“, flüsterte er leise und auch etwas verunsichert dem anderen zu.

Einen Moment herrschte Stille, bis Mesut schliesslich in lautes Lachen ausbrach und dann kopfschüttelnd meinte: „Damit, mein süsser, kleiner Sklave, kann ich durchaus leben. Wenn wir es so halten können, dass du im Alltag deine eigenen Entscheidungen fällst, und hier im Schlafzimmer devot meinen Befehlen folgst... Ja, eindeutig, damit kann ich mehr als gut leben.“

***

Mesut beobachtete Janik dabei, wie dieser aufgeregt das Geschenk öffnete. Sie waren nun bereits ein halbes Jahr zusammen und keinen Moment würde er rückgängig machen wollen. Der Kleine vervollständigte ihn und sein Leben.

Natürlich hatten diese sechs Monate ihnen beiden viel abverlangt, doch mit Geduld und Verständnis hatte sie bis jetzt jede Hürde genommen. Janik ging mittlerweile mit weitaus mehr Selbstbewusstsein durchs Leben und ab und an brachte er sogar einmal ein ‚nein‘ zustande, was Mesut insgeheim mit unwahrscheinlichem Stolz erfüllte.

„Was ist es denn?“, fragte Janik jetzt, hatte das Papier aber bereits weggerissen.

„Na, ich würde es aufmachen, dann wirst du es wissen“, lachte Mesut und konnte den Blick nicht von dem Gesicht des anderen mit den vor Aufregung geröteten Wangen lösen.

Als Janik den Deckel der kleinen Schachtel anhob, erstarrte er und sah Mesut erschrocken an.

„W…was ist das?“, fragte er stotternd.

„Ich würde sagen: Ein Halsband. Nimm es heraus und sieh dir die Innenseite an“, erwiderte Mesut gelassen, denn er hatte mit dieser Reaktion gerechnet.

Langsam zog Janik das schwarze Lederband heraus und besah sich die Innenseite, was plötzlich dessen schönes Gesicht zum Strahlen brachte. Mit einem freudigen Ausruf kam er auf ihn zugerannt und warf sich an Mesuts Hals, um ihn nach unten zu ziehen und sein Gesicht mit vielen kleinen Küssen zu bedecken.

„Danke, danke, danke“, sagte Janik überschwänglich und drückte sich fest an ihn heran.

Mesut lachte und umschlang seinen Lebensgefährten mit beiden Armen. Er war sich sicher gewesen, dass dieser sein Geschenk verstehen würde. Er hatte ihm ein Lederhalsband gekauft, weil Janik damals Roberts Zeichen der Zugehörigkeit zwischen Sklaven und Master angenommen hatte. In seinem Halsband aber hatte er die Innenseite mit einer Inschrift versehen: ‚Nicht Unterdrückung und Demütigung soll dich zum Sklaven machen, sondern meine Liebe!‘

Dieses Master/Slave-Ding verband sie beide nämlich nach wie vor, doch nur in den eigenen vier Wänden und lediglich in erotischer Weise. In der Zwischenzeit war auch Mesut auf den Geschmack gekommen, denn wenn er Janik mit befehlender Stimme ins Schlafzimmer beorderte, wurde aus diesem ein heisser, leidenschaftlicher Sexsklave, von dem er ganz bestimmt niemals genug bekommen würde. Es ging dabei nie um

Unterdrückung, Demütigung oder gar Misshandlung, sondern lediglich um erotische Machtspiele, die ihnen beiden gefielen und auch Spass machten. Manchmal... ja, sogar immer öfters, übernahm sogar Mesut den devoten Teil, und sein kleiner, sexy Sklave schien das ebenso zu geniessen wie er.

***

3643004R00060

Printed in Germany
by Amazon Distribution
GmbH, Leipzig